徐臻现在推开防盗门，杨琦心爱的牛奶香薰味将他紧紧环抱。他的心绪平复了很多。徐臻把房间的各个角落都巡视了一遍，一切似乎都没有变。冰箱正常运转，说明电费尚且足够，零食躺在果盘里，保质期遥遥等在前方，厨房的石台板上似乎还沾着一些水渍。就是墙壁变得有些空，单剩下一些错落排布的无痕钉。说是无痕，岂能真的无痕。

徐臻突然跑进卫生间，紧接着他又来到卧室，整个人贴在地板看向床底。哪呢？那只鸭子。他并没能在房间里找到鸭子，也没有找到那个粉色的铁笼。

鸭子飞了？

梁豪

鸭子飞了

梁豪 著

河北出版传媒集团
河北教育出版社

年轮典存丛书

编者荐言

中国当代文学已走过七十多年，每一次文学浪潮的奔腾翻涌，都有彪炳文学史的作家留下优秀作品。

回首20世纪七八十年代，改革开放开启了中国当代文学持续至今的繁盛，由于几百家文学刊物的存在，中短篇小说曾是浩荡文学洪流中的浪尖。然而，以1993年“陕军东征”为分水岭，长篇小说创作成为中国文坛中独立潮头的存在，衡量一个作家的创作成就及一个时期的文学成果，往往要看长篇小说的收获。中短篇小说的创作和读者关注度减弱，似乎文学作品非鸿篇巨制不足以铭记大时代车轮驶过的隆隆巨响。

进入21世纪，特别是党的十八大以来的新时代，我们乘着光纤体验世界的光速变迁，网络文学全面崛起，读图时代、视频时代甚至元宇宙时代的更迭，令人应接不暇，文学创作无论是体裁还是题材都呈现出一种扇面散播效应，中短篇小说创作也再度呈扇面式生长，精彩纷呈。

为此，我们特编辑了这套“年轮典存丛书”，以点带面地梳理生于不同年代的当代优秀作家的中短篇小说精品，呈现不同代际作家年轮般的生长样态。

我们不无感佩地看到，生于1940年前后的文学前辈，青年时已是文坛旗手，在当下依然保持着丰沛的创作力，他们笔耕不辍，使当代文学大树的根扎得更深。

“50后”一代作家已走过一个甲子，笔力越发苍劲。他们不断返回一代人的成长现场，返回村镇故乡、市井街巷；上承“40后”的宏大命运主题，下接烟火漫卷的无边地气；既广受外国文学的影响，又保有中国古典文学的高蹈气质。

在“60后”这一中坚力量的年轮线上，我们能看到在城乡裂变、传统向现代过渡的进程中，一代人的身份确认、自我实现，以及精神成长的喜悦和焦虑。

“70后”作家因人生经验与改革开放四十年紧密相连而被称为“幸运的一代”和“夹缝中壮大的一代”，也是倍受前辈作家的成就影响而焦虑的一代。如今已与前辈并立潮头，表现不俗。

而作为“网生一代”的“80后”和“90后”，他们的写作得到更多赞誉的同时，也承受了更多挑剔和质疑。但经过岁月淘洗，我们欣喜地看到，曾经的文学小将已在文坛扎扎实实立稳脚跟，相继以立身之作进入而立和不惑之年。

六代作家七十年，接力写下人世间。宏阔进程中的21世纪中国当代文学，正在形成新的文学山峰的山脊线。短经典历久弥新，存文脉山高水长。

目　录
CONTENTS

放　生

很多事，讲究一个家学渊源。老人习了一辈子书法玩儿了半世金石，一窝后生都能写得一手好字识得各等好玉。双亲捅着高跷似的长腿，篮球一举就高过篮脖子，儿子能从 CBA 打进 NBA，退役后再回来打 CBA，头头是道井井有条，先天后天都占了作用。祖上颠勺颠成了御厨，把几任皇室伺候得稳稳当当，到了子子孙孙的年代，嫌起了蒜气油臭，各自另谋生路，有所得亦有所失，待亲朋好友小聚，就数这家闺女料理的下酒菜挠舌尖子，个个吃得满脸炸红鬼话连篇，见了皇帝不磕头。

赵广民抠抠眼屎，对应了一下自己，向天默然挥挥脑袋。

赵广民年轻时掌着一辆手扶拖拉机。农忙时运甘蔗，农闲就搬砖。赶上哪家媳妇夜里要生了，拍着窗户喊“赵广民给我起来”。兵荒马乱间，半梦半醒中，赵广民随手套上一件白背心，推门而出，载上一车厢的亲戚，迷迷糊糊就把人送进县医院的产房里。赵广民因此练就两条黑凸凸的好臂膀，逢年过节回乡去，老老少少都过来捏一捏那两团腱子肉，嘿嘿嘿地笑一笑，似乎赵广民很出息，他们很满意。

赵广民后来哧溜一下，完成了两级跳，去到市里，成了公家人。还是把着车，这回不用使大劲，改抡圈儿了，无风无雨，也能把眼珠子开得一眯一眯的，像猫。但庄里人对赵广民的此番异动存了些看法，往后赵广民进村，大家老早就躲得干干净净，赵广民身上的磁场突然跟他们拧着了，亲不了情了。整个赵家村二十一组二百三十六户，净听见粪坑里的绿头苍蝇强一声弱一声在嗡嗡。邻居家爱议论的武大爷，兀自向着窗口发牢骚："好好的身体发肤，怎么就给搬走，烧成一把灰呢？"

赵广民跑到殡仪馆，驾起了灵车。

在乡里，还兴土葬。老祖宗的规矩动不动得另说，至少这件事，已经不爱听老人言的大伙，一致地听话。

赵广民四十五岁生日那天问老婆："跟我，你后悔过吗？"老婆说："前年的年夜饭，你现在告诉我盐放多了，我也觉得淡。不去想，都不是问题。"赵广民知道难为了人家，主要是名声不美，都没念过几天书，都是村里蹿出来的泥腿子，一辈子摔摔打打，图不到其他，不就剩了挣个好名头？老婆在思想上若不进行自我斗争再斗争，挺不到眼下的。而且这么些年来，赵广民总是夜里爬上爬下，神经衰弱的，身骨也熬不到今天。思及此，赵广民就油嘴滑舌地挨过去，揉揉贤妻上臂的蝴蝶袖，动多了不严肃，没表示又不是人，赵广民得拿捏着。

老婆在赵广民不满四十六岁的时候，突然去了，乳腺癌。乳腺癌是医生的措辞，出了医院，大伙都觉得是晦气侵体，注定的。

正值入伏，老婆停灵的时候，赵广民在她的肚皮上铺了两层塑料薄膜，从冰箱里挖出冰块，装满保鲜袋，锁好结，把冰袋搁到薄膜上，冰块快要融尽时再重新更换，是在替最易坏掉的肠胃防腐。赵广民这么做了三天，几乎没有合眼，主要是他不困。

赵广民全程亲自为老婆办丧。熟人说："结婚也没见那么隆重，隆重得很不赵广民。"赵广民一路没哭，干练如铁，庄严如石，确实隆重得又有些不成体统。还是有人替赵广民说公道话："只求问心无愧，还需要那一抹鼻涕擤给你们意思意思？再说，干这行，见得多了，眼泪都是抽象的，面儿上从来响晴。"

但那以后，自家兄弟也不给赵广民开门了，电话里都请他体谅。赵广民有时想让老母过来接听，心里过一番，到底闭嘴。于人于己，他不说话，都很美好。父亲去世后，母亲没多久便得了阿尔茨海默病，以前爱把赵广民认成当年拔走自留地里红薯的红小兵，总咬着牙槽让他还红薯。而今脾气变本加厉，骂他跟孙子似的，赵广民便知道老太太还能撑些日子。不见不闻不响，也好，反正过年赵广民也得上班。按经验，春节期间，除了老人驾鹤，还多出不少喝死的，也有几个冻死的，几个一氧化碳中毒走的。

赵广民唯一欣慰的是，老婆早早就给自己留了俩儿子，到了最后，在大家都不以为意的时候，铁树开花，再添上一闺女。赵广民感激祖上在天有灵，家里挤上了，男男女女老老小小兼收并蓄，怎么都觉着乱中有序。赵广民喜欢这份人气，尤其是工作之余，是以感恩的心对待这份阳世的喧嚣。于是常常带着欣赏的眼光，站到一旁去，功成名就地看自己饱和的小家。

当年村里一位德高望重的大师说："你赵广民没命受得住女人。"女人，泛指家中所有女同胞。赵广民将信将疑，请大师赐一个解法。大师悠然道："不离的话，就让婆娘喊你作'小舅子'，得把关系弄生分了，而且那方面的事情，也不能有了。"

赵广民正值年富力强，脸上有点儿挂不住了，还是逼着耐心去听。这位大师肯定没辅修过面相学，仍旧悠然道："闺女嘛，最好是过继掉。实在舍不得，那就绕着村里的露天场地抱走一圈儿，相当于天送来的，改口叫'天送'；或是拴在野狗的肚皮上，就是跟着一起流浪过来的，改口叫'狗来'；

再简单些的，让她从凳底下钻过去，相当于凳子生的，叫‘阿凳’。但都是下下策，受不受得住，就不是很好说了。”赵广民到最后，是一脚把人家大师踹走的。

在女人猝然离去后，赵广民不得不对当年的事重新重视起来。那天大晴，他一咬牙，将尚在念幼儿园的幺女拱到脖子上，沿街买了两串她最爱的冰糖葫芦。那一路，女儿不断打着喷嚏，赵广民依古法，不断地说：“大吉利是，吉星高照。”最终，将人和冰糖葫芦串子一并送到了一个表哥家里。赵广民表哥在市里一所高中教语文，夫妻俩一直没要到孩子，横竖文化人，想来不会辜负。回去那一路，赵广民不住舔着手掌虎口处黏腻的冰糖浆子，冰糖浆子里掺了一点儿女儿的鼻涕浆子，甜中带咸，吃得赵广民五味杂陈。空空落落地到家后，他独自躲在房间里干号了一夜，还是没什么泪水，两个儿子跟着饿了一晚，没敢声张，半夜里肚皮赛着响，互相还能笑，笑着笑着就哭，赛着哭，泪水哗啦哗啦地流，流着流着，就睡昏透彻了。

往后中秋过年，表哥也会主动来电话，说她二表叔啊——幺女改口叫赵广民“二表叔”。电话里声音远远的，似乎说得很溜，也很冷。

赵广民的大儿子叫赵亮，小儿子叫赵耀，打小就对车子感兴趣，路过玩具店，只对汽车使性子，往地上滚、闹。赵广民削过他们几回，不很奏效，再寻思寻思，拧拧手心肉，于是一直在走极简风的家，就多出了不少大块头小个子连嚷带闪的车模子。

赵广民还在开拖拉机的那些光景，刚懂事的俩儿子就爱跟车，一人坐一边，被拖拉机震得浑身在跳。然后，他们会在作业区旁摆上一对凳子，静静地欣赏拖拉机里的赵广民如何作业。

赵亮最喜欢见证机头被摇把转响时车子通体剧烈的战栗，赵耀最爱看卸货时车厢缓缓地拱起，一车厢的红砖或砂石旋即滚落成堆，扬起红烟青雾，年少的赵耀觉得不可思议。

儿子们陆续上初中后，已经农转非的赵广民，有时会将单位的灵车一路开到郊外，那里有一处废弃的足球场，不乏市民到这里学车，偶尔有附近的村民前来放牛。每次只要赵广民的灵车一来，足球场就陡然空旷起来，放牛的也把牛赶远了。

球场正是风口，灵车外悬挂的用黑纱和黄绸编作的彩花在风中鼓鼓荡荡。赵广民改坐到副驾驶，儿子们轮庄上到驾驶座，赵广民手把手教他们如何加油、刹车、挂挡。手动挡，还是一点就通，哥儿俩开得游刃有余，到底是赵广民的种。当年会开车，就是一项饿不死的能耐，赵广民替儿子在心里存了些底气，而且公车私用，另有别样的豪迈。两个儿子垫着脑袋往前看，底下的腿脚得绷直了，却都开得意犹未尽。

正规的灵车一律经过改装，后边的座椅全部卸去，再高再壮的遗体，都确保能搁得下。两侧各放几盆加固的万年青，长势可观，主要是赵广民翻土喂肥弄得勤，带着寓意的，必须可观，他也就必须勤快。车子末端两侧各安了两把回弹椅，是给家属和接尸工坐的，车窗通常都用纱帘埋着，外人看不见。

前排坐不下三人，于是赵亮和赵耀得轮流坐到后厢去。好动的年纪，屁股坐不牢，就在停尸的长道上来回地走，争取摸索出一个平衡来。一个踉跄，毁掉了赵广民的万年青，不敢声张，能拖延就拖延。但迟早会被赵广民发现，往他们后脑勺去一巴掌，脑壳能响一晌午。

车在开，暮色苍茫，万年青的叶子哗啦哗啦地相互摩擦，窗帘的铜坠子把窗玻璃敲得叮当作响。后厢正前方是一个乌黑的奠字，底下还有一个金色阳文的福。

换作一般人，身处其间，心脏得好，兄弟两人早就见惯不怪，死亡对他们而言，很近又很远，很实在又很抽象，成了辩证题，辩证就是落实不下去，对落实不下去的事情，兄弟俩都不感到害怕。怎么说呢，还是将巴掌落到实处的赵广民比较恐怖。

往后回家那条路，都由儿子驾车，快到家门口了，再换人，赵广民将车开回单位。

有一趟被老婆在路口堵了个正着，父子三人都进家门后，老婆吊着脸，连说："好，好，都不要命了，一气儿撞死，还能直接一条龙服务，到时我就把你们的骨灰攒成团，往臭水沟里一扔，怎么潇洒怎么过。"从那以后，儿子们再也没上过赵广民的灵车。他们越来越意识到，那个车，还有那些个东西，不好，而赵广民自然也变得不够好，因为是他把那些个东西惹到他们身边的。

赵家小子与车的缘分，到底结下了。很可能他们还在娘胎里的时候，已经难缠难解。

赵亮从未想过，谁都没想到，他会在十八岁尚未结婚的时候，也到殡仪馆开起了父亲开过的灵车。母亲若是还在……赵亮不敢去想母亲。

馆里一直缺人手，尤缺青壮派，赵亮的加入无疑是雪中送炭。赵广民大可安之若素，父子档，正常排班，这里没有碎语闲言，更无所谓敢不敢，但赵广民还是主动退下了，家里也不愁钱，自己买断了工龄。晚上他就在家里看新闻，《新闻联播》之后是省新闻，再之后是市新闻，定在市台，三个可以串着看。至于白天，赵广民通常不在家，对儿子只说出去遛遛。这么遛了好些日子，兴致不减，依然踩点出门，按时归家，有如坐班，脸上不着风和雨，应该是很有自己的遛头。

殡仪馆，大大小小也是事业单位，过节分发福利，越南米、花生油、白手套，也发毛巾，成捆成捆地给。赵家都能得双份。

毛巾底角通常绣着馆里的宣传标语，赵亮在一堆“推广绿色殡葬，建设生态文明”“真情慰亲属，道义送故人”中，挑走了一打“在烈火中永生”。晾出去，哪怕别人留意看到，感染的也是打倒反动派的豪情。

现在，自然也没人邀请赵亮去参加任何宴席，他自己也从不臊眉耷眼地想去探亲访友，好像默认了自己身上的确沾着霉运。信者恒信，不信者从了那个信，这就是沉默的螺旋吧。赵亮就跟母亲走后的父亲一样，逐步活成了一座孤岛，一座生机勃勃自我循环的孤岛。孤岛没有不好。

灵车司机得尽百家孝，经常需要搭把手，帮家属扶棺抬灵，赵亮从不马虎。人有旦夕祸福，惋惜就惋惜在并不都能寿终正寝。遇过煤气中毒昏死过去的，广告牌砸落下来碎掉脑壳的，人走正道坠入下水道结果在下游给捞回来的。人命脆弱如生蛋，一不留神就给磕坏了。老话讲死于非命者怨气深重，其实是生者替往生者在掂量，在鸣不平，说到底是怀着温情在惋惜。

那回一栋公寓高层失火，夫妻加上小孩儿，火燎过，烟熏过，全不成了人样，殡仪馆一下子派去三辆车。

赵亮车里躺着的是那小孩儿，刚上小学一年级。赵亮的指甲挠进方向盘的皮革里，人止不住地号啕大哭，鼻孔让鼻涕捂住了，才没闻到那股令人生厌的焦味儿。那是他第一次不想干了。

灵车的时速通常保持在三十到四十公里，务求稳当，不能颠簸，这是留给逝者最后的体面。赵亮常一边开车一边想：人活一世，图的就是一个明明白白的体面，体面都不要了，也就生无可恋了。但体面不体面的，到最后，擦洗，更衣，涂脂抹粉，都得由他人去成全。一个人怎么使尽法子地折腾来去，也不过是茶壶里的风暴，任你兴风作浪，到头来，壶碎水洒，还不是窝在这个小过道里，求一个每小时三十公里的不颠簸。这么想，他就不敢多折腾，怎么都是顺水行舟。

赵耀肯定是不愿想，至少不愿跟赵亮一个思路，把人生想得毫无疑义。他还要多折腾折腾，或许也该当如此。高中毕业后，他就到了省城，到了省城就是崭新的人类。赵耀的能耐不在数理化，也不在文史哲，还是把车开得平稳不颠簸。赵耀贵有自知之明，他很明智地套上一身制服，戴好白手套，在省城开起了公交车。

对于家里人的职业，是绝口不能提的，不提，就是给上下出入的乘客以安心，也给自己守住这点儿改变的契机。兢兢业业而又有所不言，于是乎，风调雨顺。今年赵耀所在线路车队，斩获“工人先锋号”的殊荣，赵耀晋升为最年轻的车队长。公司奖励了一床过冬的棉被，赵广民向来怕冷，赵耀寄回了家里，运费差不多能再购一床，赵耀这时候不稀罕钱了，他在乎的是被面上印着的红字，不亚于别人家门楣上的“光荣军属”牌。

按部就班，大隐于市，这算得上公交司机最大的荣耀。每次公交司机成为主角，多数是闹出了新闻。赵耀出过一次严重的新闻，是跟乘客。乘客无非坐过了站，无非嚷嚷立即下车不然就要夺方向盘。赵耀膀子硬，一肘给人家撂到了远端。

人是乖在那里，悻悻地，眼睛绕场一周，车厢里尽是乌麻麻将笑未笑的乘客，于是唇齿嚼一嚼，开始不饶人：“臭开车的，能耐什么？别跟我扯规矩，信不信能把你这身制服给‘规矩’没了？玩儿起深沉啦，蔫啦？倒吱声儿呀！喊，一脸死妈相。”

赵耀耳朵一耸，猛踩刹车，一车乘客哗然，那人脑袋拍到了挡风玻璃上。拉上手刹，赵耀依然无法平复情绪，起身，拿住那人衣领，临了还是将拳头改成巴掌，脆脆地响在那人的太阳穴以下、腮帮子以上，连成片，辣得他两眼冒星，脚跟紧接着趔趄几下。最后，人给撵下了车，赵耀坐回去，气息大乱，稳了再稳，像意识到什么，忙窥一眼后视镜里的乘客，依然乌麻麻，将笑未笑。赵耀的心头，忽然染上一股不成状的怅然。

次日上午，状就告到了公司领导那里，让人把赵耀唤来。赵耀面无惧色，说：“赔钱就赔钱，那巴掌确实狠，但解气。”

领导抿嘴，挠头，失了以往的一点儿痞范儿，说：“这回有点儿棘手啊。”

赵耀回答：“实在不行，给他打回去吧，翻倍，两掌，单边或双边，正拍或反拍，任他选，解气了？”

领导没有正面回复，让赵耀先回去歇着，等公司再去协调协调、争取争取。赵耀心里纳闷，不知道有什么好争取的，却还是说：“领导费心了。”就回了，寻思晚上换班的时间。但那以后，公司调度室一直没来消息让他回岗。这下赵耀不敢闲下去，再跑去问，终于得知那人是个领导的表亲，这门亲还挺近，所以才敢如此小题大做。题越小，越是要做足文章，该死不死的权力。公司上下，如今正在如火如荼地开展文明礼貌大整顿。领导在蓄意回避赵耀，赵耀这下懂了，顿时懊丧喷涌，火气爆开，骂了脏话。他还想去扇人家的大嘴巴子，正手反手循环往复地扇，像练习乒乓球一样。

来也只身，去也只身，赵耀后来索性一竿子将自己甩到北京去。首善之都，格局在，应该就没有那么多的小题大做了吧？到底水浅王八才多。再者，庙大香客多，大地方，来钱的门路无疑更宽泛，多快准狠，只有想不到。

开车是赵耀仅有的手艺，手艺人靠手艺吃饭。稍微做了下市场调研，赵耀很快就购了一台二手的电动滑板车，在北京城里做代驾。

缴纳了一百元服装费和三百元充值金，下载了司机端软件，一个下午的时间，蜻蜓点水地接受了安全知识、基本话术和软件使用方法的培训，赵耀便被告知明天可以接单了。“招聘信息里分明讲，需要经过路考，提供身体健康证明。”工作人员反问：“那你有病吗？”赵耀心里颠来倒去地骂过一遍，摇摇头。对方说：“我们把路考取消了，麻烦嘛。放心，都是这么过来的，胆大心细，铁定坏不了。”

从入夜七点半开始，赵耀会一直干到深夜两点多钟，旺的时候，一晚上小十单生意，进口袋里一千冒头。能遇上醉到乐善好施的主顾是彩蛋，这号人爱散小费，一百一百地给出去，把赵耀卑躬屈膝得不亦乐乎。赵耀主要在三里屯一带蹲点，越晚生意越紧俏，赵耀就明白有钱人不喜早睡，热衷大晚上瞎显摆，于是再困也打起精气神儿。做代驾还有一大好处，能三不五时地让赵耀过一把开豪车的瘾，什么牌子的车都上手过，天性嗜车的赵耀觉得赚到了。安全气囊键，电子手刹，地图导航播报里变出的林志玲和郭德纲，有那么多新鲜玩意儿等着赵耀开窍，等着他洞开眼界。所以碰到顶无赖的酒徒，赵耀也能憋住偷乐，这时候他是当戏来看，酒品见人品，都说皇城皇城，再金枝玉叶，现了形，不过臭皮囊一具。

除开不同代驾平台的同行，还有趴活儿的私人代驾和酒吧自营代驾，混在一块儿，夜色里藏着很多边界不明的道道。赵耀低调做事，联系上人就开走，普通话不到位，拿礼貌用语补上。当年吃过耿介的亏，赵耀明白了理直不一定非得气壮，气壮不一定就是理直，看着简单的道理，其实越难琢磨，所以不如别去琢磨。有时半个钟头过去，客人还没现身，酒精攻陷大脑，时间失去权威，多的是拉拉扯扯胡搅蛮缠，赵耀只能守着。偶尔他会跟一样制服的同行聚一处，互相派烟，聊上一聊。有人问："家里做啥的？"赵耀答："开车的。""哦，搞运输啊。"赵耀觉得也没错，点了点头，说："不容易啊。"一说不容易，大家的话欲就纷纷起来了，各有各的不容易。

赵耀在南四环租了一个小平房。北京老话讲，宁向北走一丈，不往南来一尺。赵耀善于听话，于是闷头朝南找房源。若图的是优哉享受，他也就不煞费苦心跑北京来了，一张床的自在自为，就是他所有的期待。有时最后一趟出车路远，赵耀就搭夜班公交回去。通常那时车厢里满是搞代驾的，瘫坐各处，天南海北，什么长相和脸色都有。一样或相近的制服，一台跑了一宿的滑板车或平衡车，碰到雨天，车厢更添泥泞、熏臭。有些认死理的公交师傅，拒载代驾司机，理由是滑板车不得上公交，代驾的费尽口舌也不得门而入，只能再等下一趟，期待遇到一个面善心慈的。每当坐在公交车上，一种无来由的恻隐之心，让赵耀转而意识到自己的辛酸，夜深容易起情绪。好在困意席卷，歪个脑袋，什么都忘了，管他娘的瓦上霜还是门前雪。

那天晚上，赵耀手机来了一个陌生电话，赵耀接上，习惯性抢白道："专业代驾，安全到家。您好，我是赵师傅。"那边静了几秒，怯声问："赵耀哥，是你吗？"一个女声。赵耀有点儿蒙，问了是谁，才知道是妹妹。妹妹早已改名换姓，长大成人，彼此已不多来往。一聊才知道，妹妹准备结婚了，是想请赵耀代表二表叔一家，到时最好能过去一趟。她现在在津市。赵耀思前想后，说："你表叔和亮哥去，我就去。"那头又静得出奇。赵耀追加一句，"放心，礼金短不了。"本就无话可说，至此，再不能有了，互相静了片刻，静得出奇。妹妹赶紧报上良辰吉日，复又问了声好，匆匆挂断。

后来赵耀去问赵广民，赵广民又问了一些亲友。回来的消息是，妹妹的老公是津市工业园区一位老板，制售医疗器械，她自己做会计，管账的，据说进出都开着一辆进口的豪车。赵广民说："老板好啊，我活明白了，钱比知识干净。"妹妹的车技肯定坏不了，到底是赵广民的种。

那段时间赵耀做过一个梦，梦里他开着客人的劳斯莱斯幻影，满心雀跃，手悄悄摸来探去，屁股不时挪来挪去。不知怎么，突然一头撞上了前边的车屁股，宾利慕尚。宾利当即歪到一边，车主摇摇晃晃捅开车门，只见捂着额头，是脑袋磕出了血。前照灯一对过去，发现车主竟然是妹妹。妹妹也看清了车里的赵耀，她当场跪地大呼："你们赵家到底何时才愿放过我啊！"赵耀憋到这里，终于惊醒，人缩在床上，摸摸枕头，蹭蹭被罩，确定是在自己的破平房里。床很朴素，也前所未有的安全，赵耀大松一口气，下半夜不敢成眠，胡思乱想待天明。

通常，赵耀过年才回家一趟，待个三天五天，全看心情。家还是那个家，赵广民和赵亮都没怎么变。其他人、其他地方都在变的时候，家里的这种不怎么变，赵耀不知好歹。好在不需要知道，有人天生为王，有人落草为寇，都让老天爷担着去。哥儿俩三十冒尖的人，不知凭着什么本事，都单着。三个爷们儿一桌饭，都是做饭比吃饭来得积极，一举筷头，菜再冒香也觉得寡淡，忽而又吃得猛急，话少声响多，也都比平常爱来咳嗽，像患了咽炎。除非喝酒。

于是开了两瓶牛栏山，赵亮不能喝，以茶代酒。爷儿仨互相敬酒，说了很多孝的慈的。一路喝到赵耀开始说起北京生存的难处，赵亮就知道是有些醉了，才对弟弟说一句："我知道你惯瞧不上我。"赵耀愣了愣，在凭空醒酒，说："哪里的话？"眼珠子乱动。话说得很轻，不像酒气袭脸的人说的话。赵亮把目光扑通跳入自己的酒杯里，腌着，说："也不能怨你，该。”赵耀定一定嗓子眼儿，接着凭空醒酒，说：“你这是哪里的话？没喝酒，咋就醉糊涂了呢？”赵亮不应声了，吃菜。

赵耀想要另起话题，转而对不闻不问的赵广民说：“哥说了关于河边的事。”赵广民依旧将菜和肉推到臼齿的深处多加研磨，发出呼哧呼哧的剁声。过了半晌，见儿子都不动筷头，才反问一句：“河边？河边怎么了？”赵耀换个坐姿，依旧住箸，说：“哥都告诉我了，平日你都不沾家，逮着空就出门，我看是越活越后生了，叛逆期呢。”赵广民瓮声瓮气地回说：“我还越活越受管教了不成？”赵耀说：“不是这意思，这不是聊天嘛。”“我就到河边坐坐，放生。”赵广民放下筷子，不嚼了。“放生？”赵亮也被引了来，住箸，不得其解而急急索解地靠过去，看着老爹越发垮塌的脸盘。

赵广民自干一杯，蹙紧浓眉说：“灵车开了十九年，我送走了不计其数的人。别人以为我都记不清了，我也以为我忘得差不多了。怪就怪在这里，我连昨天吃了什么都记不住，可那些往生者的肖像，却全在我脑袋里待着，一个也没跑，一想就来，浮在眼前。有时是不请自来，笑或哭，面对着我，像要跟我叙旧。那一宿我做了一个梦，梦里有逝者给我带话，让我到河边把他们放走，这样都消停了，就像把鱼啊鳖啊放归河里一样，把他们从我的脑里送走。第二日醒来，我就遵照执行了，每天坐到河边的长凳上，把他们一个个地送走。

他们的肖像站到河边，跟我挥手道别，鞠躬的、说谢的，还有非要跟我拥抱的。然后就涉水，蹚过去，倏地一下去到很远很远，远到我看不见的地方，是河的尽头，天的尽头。之后再试着回想，真就想不起那人来了。”

赵亮和赵耀讷讷地听着，饭菜逐渐凉去，好在有酒，喝一杯，热度就重新起高。赵广民不看菜色也不看儿子们的脸色，凝住某个虚妄的点，那点逐步模糊成一个虚妄的毛边圆。他接着说：“这样子放掉，记忆的一个地方就给抹去，一点一点地忘记。它们就像系在我衣领子上的氢气球，一个一个放走后，我非但没有变沉，反而轻松了。估计也顺便带走了我的血脂血糖血压，不用体检我都知道，状态在。真的轻下去，身形上乍看不出来，上秤就很分明了。”

赵广民彻底把话抖搂干净，赵亮就点评道：“老赵啊，酒话说起来不费劲吧？多吃几嘴菜吧，不吃，怎么发福？少喝酒，多运动，瞎转瞎想什么啊，到哪天真得了老年痴呆，记不住我不要紧，别连家门也忘了。呸呸，大过年不说这些。”

赵广民不服最后那一句，说：“你倒是说啊，怕个卵啊？做这一行，吉利不吉利，都是别人做出的派头儿，你瞎嘚瑟什么劲？以后我要是老得病，病恹恹找不着北，你们就搭把手，让我早点儿过去。但不能弄疼啊，最好是喂点儿敌敌畏、百草枯。也不知道它是什么味儿，给我掺些糖，我这辈子最怕苦了。还有，敲锣打鼓、抛钱撒花就免了，你们不硌硬我别扭，费那周章，不如给自己加餐饭、添件衫，也不用到那会儿了给我抹泪，还是别扭的问题。我想过了，还是火葬好，一把火，什么都干净了，把骨灰撒到大河里去喂鱼，要是不担惊受怕，撒花盆里做肥也成。我现在说的都是掏心话，千万别让我受那罪，要看窘态找别人去，要不然，我就踩定你们不孝，泉下有知，非一天咒你们八遍不可。”

赵耀赶紧岔开话题，说：“怎么一发言就聊到生死存亡问题去了呢，我看是职业病，好端端地把人整成了哲学家、神学家。”

赵亮说：“老赵啊，我一直还寻思你是到公园相亲去了，虽然嘴上不提，但我心下是支持的，毕竟……”没等赵亮说完毕竟，赵广民就让他住嘴，说：“头上三尺是你妈，你妈一直盯梢我呢，就算我有贼心，也断没贼胆啊。”说完，终于像个老人那样，慈祥地笑了一下，再自干一杯，把眉头拧得千沟万壑。

赵广民不胜酒力，已经缠住一身酒气，红粉粉地蔫到沙发上，要看电视里的《春节联欢晚会》。良久，赵广民问：“陈佩斯和朱时茂呢？陈佩斯和朱时茂跑去哪里了？你们娘在的时候，就喜欢那个朱时茂，不经世啊。还是那个光头演得贼，‘贼’是夸人呢，世上哪来那么多的风度翩翩，叛变革命的往往都是浓眉大眼。”没人答他，也不需要。

一个电话打来，赵亮急忙漱了下口，跑去启动汽车了。那卷零点的炮仗最后是赵耀点响的，赵广民靠在墙面上，静看炮仗吵成一团猛烈的滚火。他看起来很倦，困得不行，在他脑袋上方一尺余宽的地方，挂着偏爱朱时茂的妻子那张含笑的遗像。

赵亮的车，那时头顶盈空的烟花，在万家爆竹的红尘中，徐徐穿行。

与赵亮一起出车的是蔡霞，跟他搭档的接尸工。接尸须一口气把人抬下楼，不能乘电梯，也不能停下喘口气，若停到谁家门口，给发现了，车胎扎破玻璃砸碎，都怕那晦气，因怕生恨。最厉害那次是十六层，蔡霞一身湿透却无二话，实在难为了一个女人。

蔡霞到这个民政局下属单位来做工，比赵亮多出六年的工龄。对外人，他们都说自己在民政局下属单位上班。关系处扎实了，再说是在殡仪馆。到生米也成了熟饭，开诚布公，接尸的、运尸的、烧尸的，一天得洗二十几趟手，还得消毒，同时不无得意地说：“我就说闻不着味儿吧，不能怨我先亲的嘴后牵的手。”说完，不无得意地笑。

夜进一步深邃，鞭炮也乏了。寿和、永和、千秋、万古、慈佑、景行，一个一个告别厅数过来，都衔着一片乌漆漆的清冷，越大越清冷，与白天截然相反，一年到头，盖与节庆无关。

赵亮和蔡霞这晚没再回去，坐在办公室里等，等下一个噩耗。再挨一个小时，火化炉就将运转起来，伴着熟悉的哀乐与并不陌生的哭喊。赵亮和蔡霞搬了椅子对坐，下跳棋打发时间。赵亮总输，偶尔赢一盘，也是蔡霞私下让着。

“想心事呢？”蔡霞问。

赵亮的心事顺着问题爬到了舌根，他说：“霞姐，都这么些年了，你晓得我为什么还是外聘吗？”蔡霞从后三步棋看回眼前这一步棋，说：“无所谓，生死都有命，何况一个职位。”赵亮就知道她知道，她现在也知道了他知道她知道。赵亮盘着手上的一扎玻璃珠，说：“那年我才十五岁，未成年，所以没判。一适龄，我爸就赶着我来上班了。咱单位，到底还看些我爸的脸面。当然，最要紧是压根没人来抢这个名额，但我就知道瞒不住的。”

蔡霞抬起头，闪了闪眼睛，她的眼睛里藏纳着很多故事和底细，但藏纳得极好。她良久说：“那人该死。”

是真的知道。

留神不留神，晃晃悠悠，也快二十年翻过。那天妹妹哭着跑回赵广民的家，在一个已经不会随随便便哭给别人看的年纪。赵广民忙问：“怎的了侄女，我的好侄女哟！”赵广民后来最后悔的事情之一，就是他在那时仍把女儿称为侄女。当时赵亮和赵耀都在家，饭锅刚跳闸，掀开了，腾着白白的上好的米气。妹妹只是哭，谁也不让接近。她挨着那面挂着母亲遗像的墙面，整个人缩矮下去。

获知事情原委后，赵广民彻底木掉了。他想过跟表哥一了百了。把灵车直接开到他们学校，当面羞辱他，给他活人送花圈。甚至，干脆把人撞死。想起到底是公家车，不能这么糟蹋了。赵广民后来从工地捡回一块砖，想用它直接把人给拍出红色的水花。当时赵广民已经走出巷口，手里握着那块生冷粗糙的红砖。但歪歪扭扭走了几步，他又折了回来，阳光斜打着他同样粗糙的肉身，赵广民浑身哆嗦。他已经暗无天日。赵广民告诫自己，不能张扬出去，害的是孩子，他真要出这一趟门，害惨的还是孩子。他有三个没娘的孩子。

那块砖，后来是让赵亮搬了去。他认得那个表伯的家，就在中学职工宿舍二号楼四单元。他当时躲在楼梯口混浊的黑暗里，胸口扑通狂跳。他在那时竟然想起了母亲，那个恨不得他们都死翘翘的母亲，她早就放弃了所有的抵抗，剩下他们几个孩子还有赵广民，在人世间徒劳地疲于奔命。赵亮想哭，当他意识到自己已经十五岁的时候，眼泪吞了回去。赵广民曾经说过："哭不能解决任何问题，只有真真实实地做，做出响声来，才会有希望。"

就在表伯离开家门走去上晚自习的时候，赵亮蹑步紧跟上去。他直呼其名，表伯惊了一下，刚回头，矮着一截的赵亮已经纵身跳起，那块红色的砖头旗帜一样在表伯的眼前一晃而过。他先是趔趄，手里手写的一沓幻灯片瞬间散落一地。

赵亮猛然想到要跑，就像他突然想到了母亲。是母亲在冲他喊："快跑！"前所未有的恐慌漫盖住他，他终于意识到为什么歌里唱没妈的孩子像根草。他就是草，草没有反抗的权利。可他已经被表伯捉死了衣领，表伯大喊："来人啊，有人行凶啊！"

赵亮就是在这时，再给了表伯一砖头，又一砖头，红色的弧线构成了一个虚拟的屏，在赵亮蒙眬的视线里罩下来，罩向那个秃顶的脑袋。表伯轰然倒地，太阳穴径直磕到了阶角。表伯没再出声了，整个身体躺倒在那片手写的幻灯片上，紫红色的血从脑袋底下汩汩而出，像极了电影里的凶杀现场，但赵亮不是凶手啊，他不是，起码有"三好学生"奖状为证。

赵亮抬起嗡嗡作响的头颅，天空瞬间彻底转暗，伸手不见五指。天色暗下的时间比以往都早，奇数的路灯要半小时后才会被点亮，等所有的路灯全被打开，还要再追加一刻钟。

警方是在村里的老家把人给逮着的。没跑，跑不动，人之前被赵广民拿皮带打瘫在床，后背连到屁股，纵横着刚刚愈合的血口。每餐饭，都由赵广民的老母亲喂孙子肉粥糊子。见到警察的时候，赵亮只问了一句："会被砍头吗，或者吃子弹？”他不知道自己已经泣不成声，双眼红肿。民警并没有搭理这个十五岁少年的发问。民警后来骂赵广民，说：“你怎么就那么迂腐呢？”民警指的是女儿过继的事。赵广民蔫耷耷的，那以后他一直都蔫耷耷的，对谁都不爱搭理，也不够和气。

妹妹不愿再回去，她选择住到县城的一个姨妈家，高中后去了省城的一所高中当住校生。那时赵耀刚到省城当上公交车司机，跟妹妹约过一餐饭。席间没什么话可讲，感觉尽是雷区。这头说：“努力，好好学习。”那头说：“好好赚钱，加油。”赵耀最后要摊给妹妹五百块生活费，没给成，一点儿余地都没有。

在殡仪馆的车队里，给赵亮排的班总是最忙最累的时段，赵亮只有应承的命。他感激地认这命，像在赎罪。他逐渐认可了自己的罪，嘴上从不提“但是”，但是，有很多个“但是”堆在他的心头，也一并烂在了那里。

在那个凌晨四点的办公室里，赵亮问蔡霞：“你怕吗？我，怕我吗？”蔡霞的脸面登时浮出棱角，说：“再问这种傻问题，往后就不搭理你了啊。”赵亮面上的棱角登时沉了下去，邪魅一笑，说：“那就不说了，你要真不搭理我，我连呼吸都没动力。”蔡霞登时红了脖子又红腮，不言语，煞有介事地出去了。这次她没跟以往那样回说：“别闹啊，喊姐。”赵亮觉得这一宿的夜话，意义重大，影响深远。

蔡霞后来反复质问赵亮：“你真的确定？不是在闹？”赵亮给了跟蔡霞类似的回答，他说：“再问这种傻问题，我真跟你来气了啊。”他不敢说“不搭理”，忌一语成谶。赵亮央了七八次得有，那回穿着正装，手捧一扎玫瑰，他从来没有这样富丽堂皇过。

蔡霞的犹豫在于，她有过一段婚史。最要紧的是，她比赵亮长了足足十一岁。这就像一道天堑，别人的眼光就是沟堑里呼啸不绝的风，恨不得把人撕得粉身碎骨。赵亮又恼又不甘，对蔡霞说：“咱都这样了，还在乎什么呢？多在乎在乎自己吧，多在乎在乎我吧，行不？”蔡霞没给答案，在家里投掷硬币，每次都投到“算了”的那一面，但她每次都不愿就这样算了，还要再试一次。所以，她懂了。蔡霞最后接受了赵亮的求告，天堑变通途。她何尝不渴望，所以再多的戏码，都是未来用作回忆的谈资。赵亮当然不知道关于硬币的事，他只知道笑嘻嘻地说：“真别说，咱也洋气了一回，办公室恋情。”

两人好起来后，蔡霞把赵亮伺候得妥妥帖帖，赵亮的脸逐渐唤醒了久违的笑，通体不再那么拘谨了。实在瞒不住，赵广民知道了情况，他老人家并未急于表态，可能他还在忙于自己的放生大业。那以后，晚餐都是蔡霞买好菜过来下厨，赵广民默认了这个行为。三人围成一桌，不愁共同话题，云淡风轻地聊聊馆里的今昔枯荣，也聊菜价。赵广民的放手大吃让蔡霞松下一口气。她和赵亮现在晚上回的是蔡霞的住处，赵广民后来说："没事也回这家里住些天吧，我一辈子都没怎么睡过安稳觉，现在突然静起来，每个细胞都不习惯。"蔡霞连声应下，赵亮诺诺。赵广民瞅一眼儿子，说："惧内的命，跟我一个㞞样。"

在市里，灵车起步价外加灵柩费、车内装饰费，共计二百七十元，十公里以内按十公里计，超出部分每公里五元。近年来，黑灵车大行其道。没有靠山的黑车，就与正规军打价格战，一口价，一趟二百六。有来头的，千元灵车也是殡仪馆里的常客，没人会去深究。新兴的殡葬公司，承包下医院太平间，两边签订协议，殡葬公司可直接派车将遗体拉至殡仪馆火化。在黑车挤压下，正规的灵车出不了活儿，家属无暇打探，尤其悲绪正浓时，正规与否不再重要。若说管理，确有难处。太平间属医院管辖，民政局插不了手，至于家属跟车送来的遗体，即使不是自家车辆，殡仪馆也无法拒收。另外，一味强调必须由殡仪馆出车，难免让人觉得在搞垄断，吃力不讨好。灵车是特种车辆，行驶途中一般不宜随意拦查，于是执法也很成问题。于是，局面就成了目前的局面。

这么着，从净身穿衣，到遗体运输，再到遗体寄存，还有告别厅灵堂布置、遗体美容、遗体告别、遗体火化，殡葬一条龙风生水起。家属图省事，至多再讲究一个排场。如此来看，除了价格虚高一点儿，殡葬公司既比殡仪馆来得便捷，也更体面，完胜。再一端详，贵，似乎也成了一桩美德，是孝。那就最后风光一把吧。

赵亮和蔡霞后来陆续买断工龄，蔡霞再投进攒了十多年的积蓄，到乡下招来几位失业待业的亲戚，两人开了一家殡葬服务中心。店是小店，也一条龙，想分一杯羹，指着它有朝一日做大做强。这么些年，赵亮的口碑在，就像医师在公立医院混成一代名医，老来在外按自己的名号开一间诊所，生意红火，总之比坐单位按部就班强。怎么能不强，单单一个成本价两百不到的骨灰盒，行情能卖到大几千，惊麻了初次获悉的蔡霞的一身皮。他们家的标价，放到市场算是相当厚道，但也有个限度，再往下惠民，就成了扰乱行业秩序，别家要你吃苦头的。

如果没有蔡霞，赵亮的日子不会是这个活法，他觉得自己就不该盼着挣钱的事，是狼子野心。蔡霞一来破除封建迷信糟粕，二来专治赵亮的心虚气短。

两人挑个好时辰，去民政局把证给领了。两个红本子叠在一块儿，蔡霞放到归放证件的抽屉里，锁起来，心头一颤，开心，是真成了。两人在家里置了一桌菜，比平常多出两荤一汤，再多一双筷子留给从北京赶回来的赵耀。赵广民这天也显得很突出，场面看着很忙，四人的喜宴，依然有很多事情要做，要做全。赵广民自己立愣着脸面和身手，只是眼神转得很活，像重新活回了好些岁数。他不停嘟起嘴皮，掷地有声地指挥两兄弟：“别把‘囍’字贴歪了。”“搬出供桌搁到阳台上，杀鸡燃香敬祖，一点儿都不能马虎。”似乎自己的权威并未走远。赵亮不是很敢打扰赵广民的调度，既担心他的严苛的牵及，更不忍叫他意识到这身威风的牵强，牵强意味着某种程度的失礼。他早就老了，老掉牙，而这个家是赵亮的家，赵广民理应把屁股坐老实了，等着开饭，自有人将压得严严实实的米饭呈到他面前。他先动筷，其他人跟着动筷。他只需要德高望重地把自己的假牙护好，别喷出来。

赵亮领着蔡霞，跟墙上照片里的母亲汇报情况。照片底下的一对新人互相交代一个眼神，腼腆地笑起来。席上照例喝酒，赵亮这回也破例下场。都喝大了，父兄俩开始催促赵耀也抓紧：“娶一个心大的北京妞，捎回来啊，这下赵家就逆天改命啦。哈哈。”赵家都笑了。

赵亮眼下不再亲自出车，是磨不开脸面去见老东家。他渐渐睡出两团颇成声势的腮帮肉，很有老板的格局。服务中心现在有的是司机和劳力，赵亮原以为没有。他大错特错。人们怕死，怕晦气，更怕穷。死生是天意，无常，无常的东西因为不可控所以不妨讲感情，但生意就是生意，冷冰冰地在那里，有门道者得饭吃。

有位邻居那天追上赵亮，非要跟他握手，赵亮忙说：“使不得啊。”那人一把将手夺来，捏得很有劲道。这邻居说：“感谢你啊赵大哥。”见赵亮疑惑，接着解释：“要不是你们家，我卖肾卖血也没法在这地段来上这么一套房。”天底下的风声都是拿来走漏的，走漏了赵亮的职业，整栋楼的房价都拽低了几个段位。邻居说：“老子才不怕呢，天天睡得跟头猪似的，没人喊不愿醒。人死不能复生，死了也就是一了百了，哪来那么多歪门邪道。再说，干你们这行，是行善积德，人固有一死嘛，谁到头了不得归置归置、料理料理？”赵亮一顺地听过来，心中不知是喜是悲，倒是频频点头，伺机将手挣脱，几乎遁走。

入秋后，赵广民给赵耀去了一通电话，说我想到你那里待些日子。赵耀问：“怎么的，哥嫂伺候不周？”赵广民忙说不是，说我就想去北京瞎张望张望，他们很孝顺，倒没指着你孝顺。赵耀就笑他顽固。赵广民不废话，说：“你就说让不让吧，或者我自己去也成，不劳烦你就是了。”

亲爹要来，当儿的怎么拦？但赵耀的确有些犯难。一来房屋是真小，二十平米一张床，多个人，除非是能滚在一张床上的，否则就得打地铺。一打地铺，一屋的瓶瓶罐罐就都挤挤挨挨的了。二来，二来吧赵耀他有了女人。

对于女人，赵耀没往家里提过半个字。不好说，因为女人比赵耀多出三岁，虽然跟蔡霞比是往回收了八年，但有一个五岁的女儿在老家让姥爷姥姥给带着。

赵耀一宿宿地四处奔波，不比年轻时候，一个星期下来身骨疼得难受，于是就近找了一家门面敞亮的连锁养生馆，想着敲打敲打。看了菜单，足道有中式古法、商务精英、砭石温灸，还有SPA，细分中式精油、泰式暹罗、经典水疗，不同套餐不同价码不同服务，名堂弄得他眼花缭乱。赵耀最后就认准价位，挑一个便宜的，活动范围在膝关节以下的，做了一趟九十分钟的足底按摩。

就这样，赵耀认识了七十八号技师。

七十八号龅牙，脸是长脸，眼角有纹，笑时更深，一分钱一分货，再说赵耀也不是冲人家长相去的。七十八号的领口封得很密实，所以显得非常专业，应该真的手里有活儿，叫赵耀不得不放心地把脚交出去。女人口头挺勤快，问了籍贯再问职业，什么回答她都说好呀，总之哪里都人杰地灵，怎么都前途无量、八方来财，不时就着赵耀锁定的电视频道，强行把话搭进去。但凡赵耀起一话题，女人都能把它往前再推进几寸，先是肯定，再是否定，最后否定之否定，其间手下的力道不减半分。赵耀这下晓得了七十八号的厉害。

原先还存着戒心的赵耀，彻底被激起了兴致，话题一再蔓延，两边试探再试探，如同一场赛事，不像对手，倒像队友。赵耀也谈自己，三成保留两成美化五成和盘托出。他太久没跟人放鞭炮似的畅谈了，而且是在北京。在躺下之前，他想都不敢想。所以这两百五十八块人民币，赵耀真心觉得物超所值。最让他称心的当然还是女人的手艺，有劲，直奔要害，捏得赵耀睫毛挂泪，干了一遭再湿一遭，睡在躺椅上嗷嗷叫，是舒坦，腾云驾雾一般。

并不都在膝盖以下，翻过身，再捏脖颈，依然腾云驾雾，口水悬空。事毕，赵耀赶紧将脸从按摩椅的洞口拔出，管女人要微信。女人眨巴眨巴眼睛，两人互相对视。这张脸有特色，不能叫人直接抒情，但它耐看，像故事片，一点点勾引你再往下品。她报出一串号码，重复一遍，一笑，龅牙白里透黄，如昙花一现，端起木桶出门了。到家后，赵耀外套一掀，跳到床上，感觉整个身体的血液都在奔跑，脚板子烫得像吃了一斤羊肉，舒服开了。

赵耀在回想，想刚才的事。自己感受到的亲切，是否在人家眼里不过逢场作戏？戏一夜一夜、一场一场这么上演，到他头上，不过其中一份。一个人，惯了，枯枯槁槁像干柴，容易一点就着，听风是雨。赵耀于是劝自己死了心，一觉醒来，该忘还得忘。女人直到下半夜才加上好友，赵耀没睡着，赶紧回复过去，徒劳地暗示自己要淡定。七十八号说："刚下班呢。"没多久又补一句："不是所有客人我都给联系方式的哦。"

七十八号叫李欣，河南商丘人，来北京三年多。穴位按摩、艾灸理疗、拔罐刮痧，十八般武艺样样应手。之前在广州和深圳待过，共五年。只卖艺，从不卖身。李欣自己打趣，退五百步吧，这身硬件，只有亏本买卖。七十八号看起来坦坦荡荡。

每天这么零敲碎打地聊，隔靴搔痒，再变不出什么话，赵耀就想请李欣看一场电影，城里的男女都去看电影。对方答应下来，赵耀心里美了一宿。他到北京后还是第一次去电影院，挑了一部恐怖片。能上映的国产恐怖片，温温暾暾像凉白开，远不及当年影碟里的林正英僵尸系列来得悚然，座位里的赵耀深感失策。李欣正常胆量，一点儿也不害怕，身体重心没能往赵耀这边自然倾斜。好在她表现得颇有热情的样子，主动跟赵耀交流一些剧情。赵耀本本分分地坐着，对自己的言行都不够满意，偶尔会反省一下自己的侧脸到底好不好看，能不能把人迷住。再想，当初还不如耐住性子，看一场爱情片来得有腔调，便又多出几分悔意。

两人私下又约过几回，吃过几次饭，基本都由赵耀买单，有一回李欣抢先给结了，说让我也表现表现嘛。赵耀嘴上说哎呀，心里其实很欣慰，感觉这是过日子的范式。他们去了一趟故宫，两人都是第一次去，赵耀特地请了一个导游，把两人听得一愣一愣的。他们一个说："天子天子，顶着一片天，管自己叫儿，压力多大啊，活着可不容易累嘛，咱不过这种日子也罢。"一个说："深宫大院有什么好，再热闹也闹不出框来，倒不如咱老百姓，撒野撒泼，只算到自己头上，闹够了，脑袋不要也罢。”说完，各自拱拱对方的手臂，嘻嘻地偷乐。导游穿插了几个白眼，知道都不是有积淀的主，走马观花浮光掠影，言简意赅起来，嘴上能省则省，一下子就到了神武门。

对自己的情况，赵耀不愿多隐瞒，一点一点地透露过去。他对李欣说：“我妈走得太早，从小邻里还有同学，都不大看得上我。所以，所以吧，没怎么跟女孩子打过交道，我是真的弄不大透女人，你得提点提点，别老让我猜。就算让我猜，猜不出来了，也别怨我情商低，是真没条件培养。”李欣笑说：“哪有什么弄不弄得透的，都是人，拿心来换，就都通透了。”

李欣所在的养生馆有一位河南老乡，男的，估计混账过，离了婚，眼下老实巴交了。每次李欣上夜班，他都会给她熬一盅子银耳红枣枸杞汤，恨不得吹凉了喂到李欣唇边。李欣心知肚明，咧嘴言谢，不断往乡党乡情上扯一扯。老乡耐不住了，兜头向她表达内心的意愿，自然也不介意她带着个孩子。李欣没答应，老乡问说：“为什么啊？”老乡那么体贴、殷勤，而且人生地不熟，还能互相宽慰、照料。李欣站在第三方的立场，也觉得没理由拒绝的。可惜就可惜在她是当事人，她只能以当事人的心境回说：“没有爱的感觉，那就不能爱，所以除了感谢，我也给不到你什么。”再眨眨眼睛，说："咱人在外，互相扶持是要的，你的好，我钻心窝子念着。"李欣自己也觉得她是越年长越挑剔，纳闷过，也起过反思，自己的心态或许是，都这样了，那就非得遇到一个很对路的人不可。赵耀就是那个能让她觉得哪怕吃亏也真是福的男人。赵耀故意逗她，说："那人是不是长得寒碜？"李欣逗回去，说："我就喜欢丑出个性来的。"

再晚些时候，李欣就搬了过来，跟赵耀搭伙过生活。对于彼此，他们都觉得该知道的都已知道，不该知道的，就等它到可以解密为止。他们都等得起。搬来之前，李欣必须扭捏一下，说："不大好吧，叫人说闲话去。"赵耀带一点儿狠说："过来吧！谁有这闲情啊？咱能省就省。"其实省不了多少，李欣的集体宿舍每月也就几百块，包吃晚午餐。就是挤了些，房间里摆满了上下铺，洗漱如厕都得排队。尤其是下了夜班，一窝子的人，体味儿不是一般浓，说不上多糟，但肯定还是空气清新了好。其实李欣这话的意思是，能不能干脆名正言顺了。自己掂量来去，竟觉得有些非分了，何德何能啊，先过生活吧，处处看，多表现表现。

两个人，夜里睡得欢乐，也睡得踏实，二十平米刚刚好嘛。两人都上的是夜班，赵耀通常先送李欣到养生馆，然后开始接单。李欣下班后，赵耀再骑车过去，不是你多等十几分钟，就是他多候半小时，两人约定，必须一起回家。路上彼此捏着手，很紧很紧，赵耀喜欢牵手胜过接吻。一个女技师的手，粗糙得叫他心疼，也温暖得让他知足，小时候没能牵到、不敢去牵的手，眼下都补回来了。他们偶尔会打打闹闹，打闹声在浓重的夜色里越发响亮、独一无二，挺像一对不知时艰的小情侣。赵耀对李欣说："我对你的爱，就像河边的节节菜，掐了又发，掐了又发。"李欣说听不到，要他再说一遍，再一遍。

李欣试探性地问过，等挣了钱，回家后盘算做啥呀？赵耀一脸严肃，他一严肃，就是在掏心。赵耀的脸没有照壁，明明白白一览无余。李欣就喜欢他的不遮拦，就算是空城计，她也死心往里扎。赵耀说："我没打算走，跟一般外地人不一样，北京让我有归属感。这问题我想过，归属感就是一个人哪怕一无所有，也感觉到自在。这其实蛮难的，北京就可以。"李欣拧了一把赵耀的腰，半笑半嗔道："那咱就扎下来，好死好活地赖着。"赵耀躲闪不及，直喊疼，他心下讨的就是这点儿疼。

李欣是一个好女人，好女人跟职业、年龄和是否婚育没有藤蔓，赵耀懂，但他得把这个观念也灌输给家里人。家里人主要指的是赵广民。怎么也得费些口舌和心力，赵耀懒，于是一直拖着。赵广民这回主动请缨，要过来跟赵耀一块儿住，也没说住几天，赵耀不便多问。没准儿是天意，让他老人家来见识见识北京，顺道见识见识李欣。云堆了半天，总得落雨。赵广民到这儿才知道小儿子也有了女人，于是打起了退堂鼓，说："我就不去碍着了。"这回轮到赵耀不肯了，拼命说："来吧来吧，没丑到见不得人的地步。"

北京的出租屋实在小，但凡有事商量，赵耀和李欣都选择躺到床上，盖住被头搂着说。赵耀把父亲过来的消息告诉了李欣，说："也好。""也好什么呀？"李欣是非要捅破那层窗户纸不可。赵耀死守着，说："你还不知道啊。"李欣倒等不及了，自己说："这不好吧？"眉眼里藏不住喜悦。赵耀就挠她胳肢窝，嘴上说："让你不好，让你不好。"李欣四肢乱颤，大笑告饶。

两人后来商量，对于李欣这头的情况，暂且保密。其实都是不成问题的问题，主要是体谅赵广民，让他稍微喘喘。李欣说："懂的，你拿主意。"她知道赵亮和蔡霞的情况。赵耀猛然疼惜起来，吻去一口，吮一吮自己湿漉的唇，又不忘恃宠而骄地说："给我捶捶。"不等回话，颠过身去，李欣顺从地骑到上头，屁股扭一扭，床连人都在咯吱咯吱地弹跃，两人皆笑。李欣帮他揉散肩胛骨里硬邦邦的筋肉。赵耀舒服，是心里舒服，很快就迷糊成梦，踏踏实实将肉身托付给李欣。

赵广民到达北京西站的时候，是赵耀去接的人。李欣在家里收拾出一个床位，顺便张罗饭菜，煲一个南方的汤，再做自己拿手的河南菜。赵耀带父亲去乘地铁，赵广民走得缩头缩尾，像是畏光，也像畏人。赵耀拍一拍老头子的肩，说："你怕什么啊，畏风畏水的，来前没被狗咬到吧？"赵广民不笑，他不爱笑，两头眼角各挂着眼屎，赵耀替他擦也不是，不擦也不是，悔心就这么来了。父亲这趟来，到底是麻烦事。这么想，又觉得自己寡廉鲜耻，反正怎么都不对。

地铁里有人给赵广民让座，赵广民不坐，没好意思讲一口破烂普通话，向赵耀表明了意见，自己藤条一样，连根带须地栽在原地，请也请不动，搬又搬不开。赵耀对那年轻人说："你坐，坐，他躺了一宿硬卧，想念地气了。"见赵广民还是不吭声，赵耀就低沉着说："那件事，你可得守住口啊。"那件事指的是在殡仪馆开车的事。

李欣当年的那位老公，就是酒驾出车祸走的，李欣好不容易缓过来，不谈生死，赵耀是既担心她也觉得晦气，同时更怕她难过。很多时候很多事，赵耀都凭着多一出不如少一出的信念。赵广民那时在电话里叹了一口气，赵耀听得耳根子发辣，这就是老头子要的效果吧。赵耀想象电话那端的赵广民剥下自己金黄的眼屎，他总爱出眼屎，然后放在指尖揉、搓，眼屎最终碎成粉末，散于无形，像他的心事。电话那头迟迟才说："知道了。"他知道什么呢？也许真的知道，知子莫若父，所以他能体谅吧？赵耀当时脱口而出，真是不好意思。当即意识到这话的生硬，不成体统，越想越糟，不如挂断，来了北京，一切再从长计议。

赵耀恨自己的和稀泥，好像他不得不和，便真的在和。夜里开着别人的车，闻着别人的酒气，生的却是自己的气，咬牙切齿还无从发泄。他不得不微笑，便真的在笑。他恨这样的自己，恨笑，恨千里之外的人情世故。恨让他恍惚，如在梦中，梦魇一般，街上霓虹暧昧，虚幻纷乱。他不得不小心驾驶。

赵广民跟李欣相处下来，非常融洽。跟人打交道是李欣的专长，应付一个赵广民绰绰有余。赵广民问她在哪儿上班，李欣就说跟赵耀一样。赵广民点点头，说："工友好，有共同语言，夫妻就得谈得来，别像我跟他妈似的。"李欣羞了，淡淡地退到一边，赵耀赶紧过来打岔，说："还没领证呢，瞎说什么。"赵广民就不服赵耀，说："那就抓紧呗。"远处的李欣差点儿扑哧笑出声。

赵广民打死不肯上床睡，跟在地铁里打死不愿落座一样，直接窝到地铺里，喊睡了睡了，赵耀和李欣也就不去勉强。白天赵耀和李欣陪着赵广民，到王府井、天坛、大栅栏、颐和园各处响亮的景点游逛，很多赵耀也没去过。赵广民抱怨，怎么都那么远，北京造得太大了，人要不长寿，一辈子全耽搁在了路上。他自己走得极慢，跟赵耀印象中的赵广民误差很大，他以为父亲还是那个身手矫健的灵车司机。赵广民总让自己落在后头，东张西望，嘴里念念有词。赵耀和李欣习惯了，不再去喊他，候在前头等。赵耀默默摇头，赵广民真的老了。

等赵耀和李欣下班到家，赵广民已经睡下，但睡得一点儿都不踏实。外面一拧门锁，赵广民就在地铺上喊："回来啦，饿了吧，锅里煮了粥，尝几口。"他喊得很浑厚，似乎根本没睡，或者他的睡眠也所剩无几了。

最开始赵广民不敢独自出门，过了差不多俩礼拜，自己到报刊亭买了一份北京地图，琢磨半天，决定单独出去。赵耀给了他一张一卡通，再三叮嘱他小心，别轻信陌生人，有事找穿制服的，手机里存着他和李欣的电话号码。赵广民嫌他烦，说："我还没可怜到这地步，你再等些时候好不好！"赵耀呆住，无奈地笑。晚上能找到家门，用老人机给赵耀报来平安，赵耀也就放心了。

那天三人吃晚饭，赵耀终于舍得问赵广民："这次来北京，是因为赵亮和茶茉那档事？""尤茶茉"是妹妹最新的名字，第三个。上大学之后，她亲自跑了很多地方的很多部门，把名字改成了自己喜欢的样子。"尤"是母亲的姓，似乎这样一来，她就能将从前的自己彻底换掉，以假乱真地做一个新人。

赵广民给出两秒停顿，接着埋头扒饭，含着满嘴的米粒说："也不全是。"赵耀点点头，说："别操心，跟你没关系。"他也是刚从电话里得知的。赵广民鼻孔里哼出两团热气，说："我他娘的才不多管闲事！"赵耀悠悠叹气，赵广民一来，他的叹气量比以往都要来得多。赵耀突然多嘴一句：“当年你非要争一个城镇户口，就为了让家里兄弟能到城里上学，结果呢，现在谁还念着你？”赵广民把饭碗一撂，将胸口挺起，嘬嘴说：“我要不进城，你现在是在乡下淘粪还是插秧呢？”赵耀也把饭碗一撂，高声道：“那也比窝在这破房里成天看人脸色出息！”李欣瞥了两眼父子俩，赶忙缓和说：“吃菜吃菜，看都凉了，多吃卤肘子，还有水煎包，都是我拿手的河南美食，我觉着手没生，你们来给评评看。”说完就往桌上那两个刺眼的饭碗里夹菜，菜填满了，似乎就没那么刺眼，再制造一些浮夸的笑声。

那通电话是蔡霞打来的，她在里头悄悄地哭，哭得阴雨连绵，完全不像往日那个晴川历历的蔡霞。赵亮当年闹出人命的消息，不知给谁漏了出去，也不知道漏成了什么样子。自古闲言不好听。一个对生命缺乏敬畏的人，居然插手殡葬业，叫生者不寒而栗，让死者难以安息。纵然已经悔过，杀人是不争的事实，谁去光顾一个杀人犯的生意，谁就是给自己添堵。赵家的生意自此一落千丈，两口子的日子不好过，很多人的日子跟着不好过。有逝者的家属专程过来翻旧账，阵仗颇大，让赵亮赔偿精神损失。有一人食指戳到赵亮的眉心，破着嗓门说：“我说怎么我老丈人去世后，我们家官运就给歇上了，原来败在了你这里。”

蔡霞实在气不过，向大家道出事情的来龙去脉，她想把舆论给扳回去。她见人就说，见人就说。久而久之，听众理解的理解了，满意的满意了，不理解、不满意的，接着不理解、不满意。有些半生不熟的人会凑到赵亮身边，给他送上自己的唏嘘和同情，也不乏果篮、锦旗之类的慰问，这令他不堪其扰，一并迁怒于蔡霞。蔡霞最近已经罢厨，让赵亮天天吃自己的番茄炒蛋。至于生意，到底稳住了脚跟，就是大不如前。是势，势给撂没了。

妹妹的当年事，不怕它是一团野火，再蔓延也总有尽时，怕就怕它是蒲公英，缥缥缈缈吊在空中，不知会落到何处，春风吹又生。这朵蒲公英最终落到了妹夫的耳朵里，长开是仙人掌的刺。赵亮所在的城市，距离津市足有六百公里的路程，没有直达火车，没有直达班车，城市的第一条高速公路尚在修建，火车线路市领导尚在全力争取。这磕磕绊绊不直达的六百公里，也许对传言来说，还是太过近在咫尺。

妹夫没念过几年书，从当年一个小镇青年，一步步混成津市有头有脸有一号的老板。他高中没毕业就跑去打工，卖过狗皮膏药，做过餐馆后厨，最后带领一众父老乡亲，一路走南闯北，靠兜售医疗器械发家致富，整个小镇很快成为全市最富庶的地区之一。家家盖起洋房，他自己也成了电视台里频频亮相的致富能手、励志代表，前年刚被选为市政协委员。

不管里子还是面子，他都受不起这个传闻，急急回家质问妻子。尤荼茉的脸色跟近来股市的盘口一样，绿得让人难受，更让自己羞恼。到最后，摊牌，两人大闹了一场，不缺房，当天就分居。妹妹哭，意思是，外人揭我伤疤便罢了，你怎么也如此冷血，难道是我的错吗？丈夫恼，反击说："早不说晚不说，非要等到别人传到我耳里，我感受到的是深深的欺骗，你在意过我的感受吗？"无果，一个骂对方"暴发户"，一个骂对方"臭婊子"，两人僵持不下，一个心越想越凄凉，一个心越想越光火。一个说："离婚。"一个说："可太好了。"

赵耀本打算凑一个局，兄妹三人见上一面，把历史的、现实的结，通通都聊开。其实都是旧问题，不解决，这辈子都得响警报。是尤荼茉拒绝的，说不见，没必要，她不怨，也不感激。

赵亮和蔡霞的日子，番茄炒鸡蛋也能活下去。最要紧的是，蔡霞怀了身孕。高龄产妇就是她的尚方宝剑，赵亮什么都软了下来。自从得知有了孩子，赵亮对内对外，猛结善缘，待蔡霞，小心得像呵护一个元青花。他学会了炖汤，大鱼大肉地伺候，一碗汤面卧四颗鸭蛋，家里终日瓜果飘香。至于那一遭风波，再放宽眼量地看，也就是祸兮福之所倚的那一点儿倚傍。

赵广民后来说，他之所以到北京，还有一大缘由，就是趁还剩一丝气血，带老伴儿过来看看，得来一趟，首都嘛，然后接着回去放生。赵耀不爱听这些，说：“你又糊涂了不是，妈走了多少年了。”赵广民咬紧牙关，话不投机半句多。他那次在屋里漫无对象地说：“活一世，我们都是来做客的。客人客人，玩儿归玩儿，得客客气气了，到底不能太放肆，客随主便。要说活下去，我倒还能喘上几年，就是越来越力不从心，活动活动，活着就是要动起来，我是越来越不想动了。”赵耀和李欣都听到了这番话，但都不知如何作答，没接话，让他感慨归感慨。

赵广民不多时就回去了，照他的意思，应该是都看遍了，大功告成。再说赵耀的住处实在太憋屈，哪怕就多塞下他这一具老骨架，终归还是碍眼碍事，他得客随主便，知进退。赵广民那时只对李欣说：“对不住了啊，习惯性不去握手。”李欣只好把手掌按在大腿上，按不太牢，跳来跳去，像煎锅里的虾，很烫的样子，说：“您常来啊。”

那段时间，市里对殡葬市场进行了一番大整顿，尤其盯紧了赵亮。两口子的生意，缩水到只能售卖寿衣、花圈，纯粹成了商铺。很多当初前来投靠的亲戚，眼下都散了，要么另谋生路，要么积累了经验，到大城市接着闯，还在殡葬行业，听说那里更有市场，生意做得很大，人们更愿意为逝者做最后的投资。

赵亮的烟越抽越凶，一喷洒的洗澡水根本涤不净他身上几十年的烟臭。晚上起夜，半小时过去，厕所里仍残留着一股尼古丁的味道。蔡霞带着身孕，为了下一代也必须得跟他分房睡。吸烟有害健康，蔡霞不去重复烟盒上印着的话，这时候，不好劝。

家里的固定电话很长时间都没起过作用，赵亮正打算抽空把它停掉，要不是那天电话铃骤然响起，他以为早就欠费了。是殡仪馆钟馆长。电话里馆长对赵亮说："馆里还缺人手，要还愿意，就回来吧，让蔡霞也回来。"赵亮感动，但没有直接回答，转而说起当年不景气的时候，人说走就走，一直都很过意不去，哪还有脸面再回去。馆长说："要不是看在老赵的面上，我也不想搭理你。但转念一想，哪条道开起来平坦不颠簸，在三九天三伏天逝者最多的时候，怎么安排车次时间，老赵当年都把经验传给了你，你自己也是老油条。现在好了，一锤子就这么拉倒啦？"见赵亮不说话，馆长最后补道："你再想想吧，最近的一些情况，我也有所耳闻，要脸面还是要生计，你来挑。"赵亮嗯了一声，正准备挂电话，那头再添一句："替我向老赵问好，好转了吧？"赵亮的手缠紧了蒙灰的听筒，说："在转好，多谢钟叔关心。"钟馆长嗟叹一口气，电话里随即传来嘟嘟的声响，赵亮依然牢牢抓着听筒，筒身被手汗涂抹得新崭崭的。

钟馆长当年跟赵广民差不多同时进馆，老钟最开始负责火化，但很快就调到引导班，查看死亡证明，登记信息，不再跟遗体直接打交道了。再后来，人就入了领导层。赵广民老说："老钟这人圆滑，贼眉鼠眼的。"他后来又做补充发言："'圆滑'不是坏词啊，'贼眉鼠眼'也不过是客观陈述。"他这么改口风，是在老钟力排众议，拍板让赵亮进单位以后。赵广民还说："你们这些老实巴交的，我看着才堵心。"

赵广民之前病了，心病。那天他到河边，正朝另一边看路旁园林工人登高裁枝，赵广民背过手立定，仰了一个下午的脖子，甚得其中滋味儿，回来后就开始咳嗽。以为害了风寒，吃了一点儿感冒药，不见效果。随后胸痛，心悸，呼吸困难。赵亮不敢马虎，送到医院一查，动脉粥样硬化，当天就住院，排上时间，要做心脏搭桥。手术的时候赵耀也赶了回来，赵广民被推进手术室前，赵耀特地凑到他脸前说："爸，我回来了，小手术，没事的。"赵广民硬硬地躺着，不应，两眼紧闭，似乎还噘着嘴，牙槽嘎啦嘎啦擦出暗响，像在训诫，用腹语。

医生对家属们说："老爷子还有气性，估计问题不大。"或许真的凭着那股气性，手术很成功，赵广民看着没事。他睁开眼的第一句话是："我刚才碰到你们老娘了，人没老，还是走时那样，我就很惭愧，也有些来气，怎么能不陪我一块儿变老呢？好在还是孤零零一个人，催我过去陪她。她死性不改，还是不合群，只能黏着我，偏又爱损我，还是走时那样。”说着说着，赵广民就笑了，咳起来，眼泪口水一起飞，赵亮和赵耀忙劝他休息，说：“妈没催，让你好好享福呢。”赵广民呆住不动了，像是没听见，又像睡过一觉，还想再睡一觉。

赵广民出院以后，再也没挨近过河边。那爬满节节菜的河边，赵广民以前经常会掐一点儿菜心，拿回去就着猪肉片煮汤。如今河边都给挖开，让新土填平，再没有了节节菜，也没有了香蒲和水葱，叠上一层水泥，要修一条河堤景观走廊。河面上正在造桥，施工队围起深绿色的防护网，这绿色像万年青的叶，桥墩已经建好，壮如参天巨木，森森然，桥身在夜色中发出轰隆怪叫。赵广民睡不踏实，听得很清楚，天没亮他就醒了过来，身子骨犯懒，对着妻子的遗照发呆。

现在的赵广民，只剩了一个心愿，再摸摸方向盘。一有空，他就端坐沙发，在空中比画。赵亮看在眼里。

那天赵亮坐在私家车的副驾驶位置，让赵广民登上驾驶座。他戴着一副不知从哪里弄来的墨镜，然后把车绕着这座城市开。赵广民摇下车窗，风把他所剩不多的头发吹得非常凌乱。他开得很小心，像之前出车一样小心翼翼。一路上他都没讲话，赵亮一个人默默替他捏着把汗。在将车子停稳在家门口后，赵广民一跃跳下车，稳了稳，背过手，头也不回地走了。他没说一句话。他哪里像个爹，简直是个爵爷。

赵耀在返京前，跟赵广民说起准备结婚的事。更早前，赵耀跟李欣回过一趟商丘老家，见到了李欣的孩子。小女孩儿眼珠棕黑，矮矮地望着头顶上的大人。大人都长在天上，高不可攀，而她整个身子骨却往下坠着，有心无力的样子。赵耀想起当年的自己，当年的他也这么看人，也这么下坠，没有愤怒，没有热情，对周遭的人一律带着一腔早熟又不自知的无奈。这无奈像一把躺椅，让座中人涣散，越坐越乏，你明明不想让自己懒掉，可就是不愿动。无奈便泛滥到骨缝里、发梢里、浊黄的眼白里，泛滥到目光所能抵达的最远处。

那个夜晚，赵耀和李欣都躺着没睡，赵耀把家里所有的情况都告诉了李欣，包括赵广民，包括赵亮，包括尤荼茉。李欣静静地听，一宿都没怎么说话。倒也说了两句，一句是："咱都不容易。"一句是："咱俩的事，到点儿了没？"

李欣这头的情况，赵广民现在都已了然。他吊着两个松弛的眼袋，眈眈地望着高出一头的小儿子。赵耀心里有些发毛，嘟囔了一句："是，是不够尽善尽美，但女人是真好一女人。"赵广民劈头打断，说："你再装作替我琢磨地胡思乱想，我就觉得你根本配不上人家。谁不命里带苦，你腾着祥云含着金钥匙出来的？造福造福，福是造出来的，苦中作乐，那是真苦，也是真乐，懂吗？”赵耀当下无话，独自走出去，管赵亮要一根烟，抽走一支，烟雾笼在头顶迟迟不散，像是互相等待。赵耀极少抽烟。赵耀最终重新走回赵广民的跟前，对矮一截、瘦两圈儿的父亲说：“老赵啊，我结婚的时候，你可不能给我病恹恹的啊，李欣爹妈可都抖擞着呢，拿出骂我的架势来，一个顶俩。”赵广民似乎笑了一下，又似乎没笑，他有意把笑躲了起来。

赵亮的孩子坠地了，男娃。哇啦一哭，一宿一宿地放歌，嗓门洪亮，邻里生厌，赵家喜悦。苦中作乐嘛。蔡霞坐完月子，赵亮挂着黑眼圈，重新回去了，回殡仪馆开起了灵车。生物钟可以调整，奶粉钱不能缺席。

风言风语传回来，尤荼茉到底还是离婚了，儿子判给了她。原来她孩子都念小学了，赵亮和赵耀才知道。老公早在外头有了小三，判决书没下来，那边已经出双入对，女人上位得光明磊落，毫不羞臊，开着男人的宾利满城地跑，看起来同样日理万机。尤荼茉饶不了他，离婚证到手不久，她就向警方揭发，前夫那些医疗器械存有严重的质量问题。食品药品监督管理局派人去查，问题挺严重，产品下游涉及湖南、广东、广西、福建多地，捂不住，很快在网上轰动成一桩不小的事件。老公破产了，锒铛入狱，宾利车被银行拿去拍卖。那个女人，仗着一张又厚又俏的脸皮，倒也不愁下家，每天清晨坐在一个男工友的电动车后座上，把人家挺结实的腰杆，搂得瘦条条的，接着回纺织厂上班了。

尤荼茉的日子势必推倒重建，好在之前私下的投资为她挣了些钱，有钱底气就在。她后来另开了一家医疗器械公司，广告放出去：“打假斗士亲下海，质量保证行三江。”有效果，群众就吃这一套。

赵广民又住院了。赵亮电话里只对赵耀说住院，说：“你有空就回一趟吧，实在忙，也不急这一时。”那一整夜，赵耀开车总分神，来了几个急刹车，被半醉半醒的客户骂了一路，险遭人投诉。赵耀不断赔不是，感觉自己口干舌燥。第二天，他赶早买了一张硬座票，这回他没舍得给自己提速，耗掉一个白天，坐绿皮火车，把人给晃了回来。

一直昏睡在床的赵广民重新醒了过来，精神头还在，连吃了两个蔡霞削成瓣状的苹果。他吃得很慢，苹果逐渐长锈，破败，斑驳，倒是很衬赵广民的手背。赵广民说：“我把每个人都放走了，就差你们娘没放，不能放，放了就真忘了。我熬不过这个冬天了，你们该松手就松手，我这辈子一分钱都没欠过人，不想临门一脚，还欠子孙一点儿什么。你们也别图我在那边能带来多大的恩惠，尽力而为吧。你们都是好孩子，你们妹妹也是。”

应该又是虚惊一场。赵广民现在喜欢拿命来吓人，也不怕哪次大家真不信了他的邪。赵耀买了回程票，还是绿皮硬座。

那天晚上，赵亮想给赵广民洗澡，发现怎么也喊不动躺在保健床上的赵广民。用手去摸，摸不到心跳，鼻孔里也没在跑气。赵亮干号了一嗓。赵广民看起来走得倒很祥和。赵耀当即将票取消，赶紧给李欣去电话，让她坐最近的航班飞过来，干号一嗓，说："我爹，赵广民没了！"

那一夜，是赵亮和赵耀两兄弟抬着那副挑过不计其数的遗体的担架，把自己的父亲一口气搬到了灵车上。赵亮驾车技术不用说，这回尤其谨慎，也尤其难过。赵耀坐在副驾驶，无话，空乏，望向窗外黑白色的灯火。他们忽然听到拍窗声，以为是幻听。又过一阵，还在响，是在身后。一扭头，原来是蔡霞在后头猛烈地拍。赵亮赶紧将车停到路旁，一齐跑到后厢。

是赵广民又喘上了，但依然昏迷着。

在三人愣住的时候，赵亮忽然提一句："老赵最后清醒的那些日子，省着四毛八的葱头钱，让人忽悠了一张四千八的保健床和能量石床垫，天天躺到上头延年益寿，我跟你嫂子还说不得，一说就骂。"

"掉头，回医院！"赵耀几乎喊起来。

灵车连闯三个红灯，一直把人送到医院急救室里进行抢救。赵广民戴着呼吸机，仍然处于昏迷状态。不知为何，这个呼吸机看着比上回更为庞大。心电图还有波峰，他还不想死。口是心非的赵广民。

这么着，李欣得以赶上最后一面。赵广民睡着，可毕竟还活着。尤茶茉也带着儿子来了，也见到了赵广民的最后一面。是赵耀打去的电话，大家原都以为她不会来的，于是脸上又都攒了些喜色。

赵广民最终又多睡了四个小时。他静静地睡在那里，任人摇动他，对他喊话。他什么都不知道，又或者他什么都知道，只是不爱说话。他终于再也不用说话了。

兄妹三人后来一起回到老宅，收拾了一下赵广民的遗物。他们坐在饭桌边，各开了一瓶生啤，吃着一点儿熟花生。似乎很自然，刻意得极自然。他们没聊什么具体内容，尤茶茉的眼睛试探性地往赵亮那里游动，她好多年没看清大哥长什么样了。好多年是多少年？他们都有些生涩，苍老又生涩。赵亮向她摆摆头，是让她把话填回去。就是坐坐。善后的事，主要交给赵亮和蔡霞负责。儿子断奶以后，蔡霞关了店，也回馆里去了，还是跟赵亮搭档，孩子先让父母帮着带。

赵亮突然问道："上一次咱仨坐一块儿，是猴年马月？"赵耀还在掰着指头算，尤茶茉已经回说："二十五年。"她波澜不惊地嗑着花生，跷着指头，生怕弄掉指甲上的镶钻。墙上的母亲始终含笑，看着一桌儿女。她一笑就是二十五年。

临要回去的时候，尤茶茉还是发话了。她说："这么多年，我心底最气的，不是那个畜生对我做的事，而是你们俩从来不曾过问，我到底去了哪里，为什么会这样。你们太自然而然了。我气这个。”这时的尤茶茉神色淡然，似乎那股气，已经过了自己的保质期。

那张四千八的保健床就靠在大厅一角，空空荡荡的，空空荡荡得格外碍眼。

在返京的列车上，赵耀和李欣的脑袋靠在一起，他们就着温水，拆开包装吃法式小面包，吃得满嘴碎屑。李欣突然兴起似的问起关于朋友的话题，她知道他没有什么朋友。赵耀使劲抿去牙板上的黏屑，说：“朋友，很早就没了，我们家其实都没什么朋友。有，也是做那一行的，更多是互相理解吧。我在很年轻的时候就逃开了那个环境，所以我连那份理解也够不到。别说朋友，我们家都没什么亲戚，不亲，就谈不上亲戚。你说这朋友不就像一年到头的叶子，春天的时候，长出一些来，挺鲜嫩；到了夏天，闹满枝头，觉得灿烂；入秋后，先是一张一张地掉，再是一把一把地掉；冬季到来，终于明白，真正禁得住风雪的，只有自己这一挺老丫。但人其实是攀不起四季的，人没得轮回。”

李欣听罢，乳狗一样啊哦一声叫，将赵耀的脑袋靠到自己的肩上。赵耀咯咯直笑，说：“我没搞煽情吧，又没人给我付费。”李欣把嘴角糊状的面包屑吻到赵耀的脸颊上，说：“以后有我，够了。”坐对面的小男孩儿兴奋地扯着母亲的衣角说："阿姨和叔叔在亲亲。"母亲喝道："让你瞎瞅。"三个大人彼此对视，都笑起来。赵耀的脸很红，也很光亮。

没有婚车，没有司仪，没拜天地高堂，也没说我愿意我也愿意。一张圆桌，攒得不算紧凑，三分之一是赵耀家的，兄妹三人加上蔡霞，三分之二是李欣的亲友。席间大家都很自在，分别开了红酒和香槟。除了尤茶茉，大家都没经验，都把酒当饮料来喝。尤茶茉单凭一己之力，挡不住势头，也就随大流，当饮料来喝。她不是很想承认，其实这样灌更来感觉。从今以后，兄妹三人，就真真正正拥有了自己的生活。又当爹又当妈的赵广民，应该满意了吧？何况他在的时候也当得不好。

赵耀现在不再做代驾，李欣也把养生馆的工资结清了。他们在房山区良乡一个新开发的小区边上，开了一家便民超市。两个人一起对付生意，倾心半年，生意终于开始对得住他们的对付。那台功勋卓著的滑板车，留着一身刮痕和泥印，被赵耀像艺术品一样，钉在了大厅的墙面上。

按照赵耀的意思，李欣把跟前夫的孩子也接了过来。赵耀跑到各部门去动情晓理，终于能让孩子可以在附近的小学借读。

每个周末，赵耀都会带她去学"恰恰"，她说自己喜欢跳舞，赵耀就花钱带她去，嘴上说："跳舞好，饿得快，长个子，比开车什么的都好。”他自己买了一辆挂石家庄牌照的面包车，既能运货，也能载人。

那天赵耀正在看店，李欣的女儿跑到他跟前，打开作业本，要他签字。她以前只找李欣签。赵耀差点儿没反应过来，赶紧把自己的名字写到上头。他很久没有这么认真地写字了。女孩儿对着多出一个签名的作业本看了半天，没有要走的意思。赵耀以为是自己的字太难看，干笑道："不比你妈看着像读书人吧？"女孩儿闪着眼睛说："别人都跟自己爸爸一个姓，我也想跟爸爸一个姓。"赵耀瞪圆了眼珠，继而环视左右，赶紧说："这就办，这就办。"他呼啦起身，往门外走出去，好像说办就能办到。他是怕她看到自己的眼眶湿答答的。

马路尽头是最后一线红霞，正挣开千篇一律的高层层顶，朝高天一路染去，像穹顶彩绘，渐淡，带着一点儿柔软的弯度，脉脉地朝这头逼过来。赵耀感觉自己的心绪正挂在天上。

近些日子，赵耀每天早起做好早餐，先送女儿去上学，然后再牵着李欣下楼，到店里开门营业。赵耀不敢让李欣多动，凡事都陪在身侧，让她小心。李欣笑说："放心吧，我有经验，不会给你碰坏的。"赵耀轻轻揉了揉她的肚皮，说："但我没经验呀，你就当是做给我安心，成不成？"李欣问过赵耀，说："你肯定想要男孩儿吧？"赵耀思索片刻，说：“要是男孩儿，‘好’字写成，好；要是女孩儿，我就有俩小情人，再加上一个老宝宝，盆满钵满，好。”

那天赵耀照例晨起，热巾擦脸，把毛巾绞一绞，挂到阳台上。刚起床梳好头发的女儿突然冒了句：“在烈火中永生。”

“什么？”赵耀转过身。那种无奈已经从她的目光里消退。不知在什么时候，她从那把躺椅里悄然站了起来。赵耀缓过神，调整一下，再问：“小赵你刚说啥？”河南人更爱说“啥”。

女儿指了指那条还在滴水的毛巾，毛巾狼狈地挑在衣架上悬首示众。这条毛巾是从赵亮那里搬来的，那时赵耀拿走了一打。赵亮那里还有很多很多这样的毛巾。

“在烈火中永生。”

真快，转眼五年就溜走了。

“为什么要永生？在烈火中，不会疼吗？”

对于女儿的疑问，赵耀很想给出一个答案，但思考的进度很缓慢，他把这归咎于昨夜糟糕的睡眠。照顾孕妇是一件吃力不讨好的事情，赵耀只得乐此不疲。

永生，那么遥远，让人彻底看不到追上的希望，也就有了理由和胆气去遗忘，在遗忘中重建。重建什么呢？这是新的问题，赵耀暂时无暇顾及。这都是赵耀后来想到的，在第六年的时候。他当时的想法，与此南辕北辙。

所以，只有耐得住疼的人，才敢永生。“你怕疼不怕？”当时赵耀如是说，如是问。女儿猛烈地摆头，羊角辫儿飞来飞去，突然，她似乎意识到了自己的错误，再猛烈地点头。赵耀笑了笑，张开的口腔顺势变作一个漫长的呵欠。他暂时觉得满意。

麋 鹿

老齐天蒙蒙亮就起身，五点五十分整，比闹钟还精准。洗漱完毕，摆上砧板，将葱姜蒜切丝切片，煮上一锅速冻水饺，自己随便坐向一处，吃得吧唧吧唧响。六点半，开着电视，转到新闻频道的《朝闻天下》。

罗拉已经听腻了动静，按着自己的性子醒神。罗拉是一条七岁的柴犬，跟了老齐六年。罗拉越活越贪眠，随心所欲，醒来的时间没谱。待它挪出窝，老齐就赶紧哗啦倒出狗粮，添上温开水给它喝。这么看，罗拉倒更像主人。

差不多九点光景，该上班的人马差不多都已就位，老齐便牵上罗拉到地坛公园遛几圈儿。罗拉喜欢户外，一到空旷地带就返老还童，撒腿开跑。老齐跟在后头追，还得喘些小气，嘴上却不认输："罗拉，快跑！罗拉，快跑！"

中午老齐通常只吃两个煮鸡蛋，兴之所至，也会弄一碗炸酱面。他做甜面酱是一把好手。然后他就背上佳能"大三元”出门，罗拉安分地待在家，安分地四顾茫然。老齐自从去年检出高血压后，就不敢开车了，他担心会发生意外状况，害了别人。他把自己的老坐骑放上二手平台给卖了。

中午这时候人不算多，公交车上通常都有空位，无须换乘，一路坐到农展馆下车。老齐最怕别人给他让位，首先他一直都不觉得自己老，头发染黑的效果他很满意。再说，他也不需要，他喜欢站着。家里看电视、上网，他都这么杵着，随时可以做些下蹲之类的无氧运动。只有受气的时候他才会坐下来，蜷着坐，但万一有人让座，他也不得不领情。现在零星听到别人喊他爷爷，老齐仍会跟自己制一点儿气。为何大家都逼着他老齐认老，他想不透彻。不过现在好多了，现在老齐应付尴尬颇为自如。

天凉透了，走在风口上，北边来的风刮着白桦树，哗哗作响，像进了战场。老齐把鸭舌帽的护耳盖下来，将冒凉的相机拱到右胯，给自己点上一根烟。烟好不容易才燃上，可以烘烘鼻子、嘴巴和那衰老的肺。

已经入秋，前来打鸟的队伍没有了春天的盛况，老齐喜欢这份清静。“打鸟”是拍鸟的行话。他加了几个打鸟发烧友的微信交流群，都是上百号人的规模。老齐在里头，像一块披上苔藓的石头，沉在琐碎纷杂的文字深处，默不作声地看着别人发照片，互相吹捧。他喜欢独自偏安，讨厌瞎凑热闹。凑热闹他血压容易升高，因为有竞技感，自己比上不足，所以总是来气。

他步行到农展馆的人工湖边，第二根烟还没抽尽，嘴上默默叼着，开始倒腾器械。他从不跟旁人扯闲篇，与聚在一处的队伍拉开距离。哪怕拍摄角度因此不够理想，这份距离他也得保持住。事在人为嘛，什么角度都能拍到绝佳的画面。

习惯凑成一窝的人，明里暗里总会攀比装备，炫耀技术。“884 是支好镜头，另外，我用的 K3 作为宾得的旗舰是够格儿的，比尼康的 7200 强，和佳能 7D2 也有一拼。”“我一直喜欢宾得的颜色，漂亮而又沉稳不浮。当然，后期用得好才行。”“884 光圈太小，是个阳光头，光线一差，速度上不来，噪点增加，很让人头疼，拍飞版就更难了。”“只用‘大三元’已经过时啦，得配齐‘大四元’。”这些台词喊得鬼响，恨不得把芦苇里的鸟都给惊跑。老齐很不待见，何况他的相机也不足以支撑他在愈演愈烈的装备竞赛中胜出。所以他乐得离群，自成一派，用护耳将耳朵捂得严严实实，严实得只能听到自己的耳鸣。

有时遇见熟人，他们总爱逗老齐，说：“您这是独狼行动啊。”老齐受不起这份幽默，也撕不开面儿，等人走远了，淡淡“怼”回一句：“你们一帮塔利班。”

尚未彻底封冻的湖面，像一池子刨冰，茸茸的冰碴子随意地堆砌。阳光火一样从湖面烧到眼前，让人觉出冷冷的热。湖中央的芦苇丛，已经变成暖暖的明黄，看久了能叫人多出几分并不真正存在的和煦。不远处有一个女人正给湖里的鸳鸯和野鸭投喂面包馒头屑，鸳鸯和野鸭纷纷挤到岸上争食，发出贪得无厌的嚷叫。

这个体态墩肥的妇女总在这时出现，老齐已经认得她。女人一边往湖里抛撒碎屑，一边发出慈祥者特有的劝诱，声调低龄化。老齐很想指着岸上蓝色告示牌的大字对她说："这里严禁喂食，禽类不懂节制，容易给撑死。"但他到底什么也没有说，他不知道自己什么时候掌握了闭嘴之道，应该是无师自通。老齐重新把自己的眼睛挨到取景器上，将右手食指搁在快门键。他闻到自己上釉般的蜡黄指头散发出温热的烟草味儿，很是历久弥新。

近乎饲养的状态让老齐失去了对鸳鸯的兴致，他把镜头切到湖中心的芦苇丛。除了燕雀这样的菜鸟，他还等到了红胁蓝尾鸲和乌鸫。最近老齐都把自己放在农展馆，之前他在植物园、百望山、奥森公园、莲花池和天坛都曾驻扎过一段时日，都不过是搞搞小阵仗，成了老齐的一项生活习惯。拍到宝贝自然是好，就算什么也没拍着，老齐也毫无怨言。他照样叼着烟，哼一段《击鼓骂曹》或是《林冲夜奔》把家还。入夜前，他会再陪罗拉出去遛一圈儿，排排小汗，跟狗说说人话。老齐的日子不温不火，无风无雨，写意。这就是退休生活吧。

老齐那天还是蹲点农展馆。他正坐在马扎上抖腿，吃点儿杂牌饼干，就着枸杞水，相当于给自己的茶歇。他的嘴巴很快就驾起袅袅蓝烟，神出了半边窍。突然有人点了一下他的肩膀，他不自觉地缩了缩。

老齐回过头，见一个女人对他笑。她的两颗虎牙生得不够安分，牙缝间隐隐约约藏着黑垢。这都是两三瞬间的印象。老齐以为她是馆区的工作人员，赶紧立正，点头道："同志，请问有何指教？"

"齐老师，果然是您啊！"这女人笑得很大方。

"请问您是？"老齐有些困惑，他重新把藏在屁股后的烟头放到嘴角。

女人说："齐老师，我是您粉丝，迷妹啊！"女人脖子一收，巴掌一捂，虎牙消失，笑得克制许多，但依然不够拘谨，把老齐弄得有些悚然。

女人张嘴闭嘴齐老师，她说："我经常在论坛上看到您，可喜欢您拍的那些鸟了。您在莲花池抓拍的那张小翠飞版，真是太有张力了，太绝妙了！"

不知为何，老齐脸上染出一些不规则的红晕。她居然知道小翠和飞版，这让老齐一时半会儿判断不出她的来头。他只希望女人的音量可以含蓄一点儿，嘴里却仍不吭气。他甚至无形中嗯嗯哦哦地跟着附和了几句。

老齐看不出这女人的年纪，既像快要搭上自己的岁数，也像孩子辈。其实老齐看女人，一向看不通透，从前是里子看不透，现在连面子都够呛。他不由自主地瞥了瞥十几米外扎堆的团伙，他把他们叫“团伙”。老齐一时也没弄明白，自己到底是希望他们听到，还是听不见，或者只把光辉的关节听进去。

“您最近不是总在农展馆拍鸟嘛！从百望山到天坛，从莲花池到农展馆，我是一路看过来的。当然啦，是在论坛上看，然后跟帖，占沙发不是嘛。可惜您都没回复我，但这都不重要。最近看您老在农展馆打鸟，我这不就过来碰碰运气嘛。没想到真给撞见了，您跟您论坛里放上的头像，简直一模一样！”

老齐不知如何回复，只得微笑。

老齐喜欢在较有口碑的拍鸟观鸟论坛上放些自己的战果，底下留言他只扫上一眼。有讨论摄影技巧的，他会精读。偶尔交流切磋，语句求短，因为他只会用两根食指敲字。论坛不比通信软件，这边去一条，那边过个三两天才回馈也是有可能的。这一往一返，余出许多提供沉淀的时间。老齐喜欢这种速度和节奏。至于留言里“精彩抓拍，欣赏问好”之类的溢美之词，全都从他的眼眶边擦过。他早过了那个阶段。

女人这才意识到要将手上的编织袋放到地面，她的掌肚勒得泛红。她扯开拉链，从里头摸出一个单反，尼康D7000。她在老齐面前晒了晒，说：“我想向您拜师学艺呢，您可得收下我这个徒儿啊。”她的语气词很多，让她的话带着柔劲。老齐撸撸鼻头，说：“你这装备，有些单薄啊。”他不知道这女人葫芦里卖的什么药。他赶紧从鼻孔和嘴里遣出一道烟雾。

这下女人理直气壮了，她说：“您文章里不是说嘛，打鸟三分天注定，七分靠手艺，装备是其次的其次。”

老齐没想到他随意抖搂出去的话，竟成了别人的语录，而且举着它来套自己。这时老齐的笑就纠结了许多，什么意味都掺了些。

既是追到脚跟前，而且如此虔诚，老齐不教个一招半式，实在推诿不过。

“右手攥着相机手柄，左手托着镜头，保持机身平衡稳固。”“什么？左撇子？那就同理反推，你自己感受一下吧。”“别佝着身子，跟谁鞠躬呢？小心一个趔趄让你掉湖里。”“身体的重心与相机的重心保持在一条直线上。你自己感受一下吧。”

老齐想亲手矫正她的姿势，伸出手的当下想起对方的性别，干脆把手都背过身后，这让他看起来更像一个严苛的老师父。

“‘变焦基本靠走，对焦基本靠扭，抓飞基本靠蒙，虚化基本靠抖。’你知道这句话的出处吗？出处不重要，重要的是说的就是你！”“抓拍，运镜讲究快准狠，按快门给个提前量，至于怎么把握这个提前量，这就是修行。”“没错，运气也很重要，但你不能光靠运气，运气是气，得靠你自己兜住，事在人为，懂吗？”“在光线不理想的情况下，需要把感光度提高，感光度就是那个 ISO 键，看到没？你把相机放下来好好看。”“高感光度有个问题，它会使照片噪点增多增大。能兼顾高速连拍，同时在较暗的光线下也能拍出噪点没那么多的相机，那就是理想配置了。所以说，装备虽是其次的其次，但也不能置之不理。当然啦，现在说这些为时尚早，你先把基本功捶扎实了。心、手、脑，三者联动，缺一不可。你自己感受一下。”

老齐没料到，自己教起人来一套一套的。这女人不像那种没话找话的搭讪，她果真皱紧眉梢，专注地摆弄相机，每拍完几张就递给老齐检阅，老齐再指点二三。他的手势明显丰富起来。

对于收徒一事，老齐不置可否。之前他从不觉得拍鸟需要搭伴搭伙，现在他也不觉得有这个必要。他只是觉得她需要。抱着模糊的成人之美的想法，老齐在心理上已先于口头，认下了这门师徒关系。

这女人成了他现实中第一位鸟友。

日近黄昏，晚霞把低矮的云抹得通红。老齐见女人没有要走的意思，说：“不然请你下馆子吧。”女人不客气，猛点头，说：“好呀好呀。”她赶紧把相机塞进编织袋。

“你哪儿人啊？”老齐问。

“云南省保山市施甸县人。”

女人回答得很爽快，好像早早备好似的。老齐跟着默念了一遍地名，发现女人两腮有两抹浅淡的高原红。

“对了齐老师，我叫卢莹。卢俊义的‘卢’，杨钰莹的‘莹’。”卢莹笑了，她的虎牙也跟着笑。

一路上卢莹都不怎么说话，只是若隐若现地笑。她走起路来的姿势，总让老齐想到某种鹿科动物的步伐，比如麋鹿，那个“四不像”。她的手指被编织袋勒得辣红，指尖白中透青。

老齐动了恻隐，直接抢过她手里的编织袋。编织袋比老齐预想的要沉很多。老齐将它握在手上，比想象中要斑斓和花哨。他有点儿不大好意思。老齐憋着气说：“你里头装着钢筋还是水泥？”他的脸顿时红艳艳的，也不知是憋出来的，还是羞出来的。卢莹这下更乖了，只管耸肩微笑。老齐在心里摇了摇头。

在饭桌上，女人倒是懂事。老齐不动筷，她也不动，挺直脊梁，双手捧着茶杯，不断喝里头的开水。她喝开水就跟老齐喝温水似的，不用停顿和呵气。到夹菜的时候，她也只夹自己面前的小半弧。老齐看不过，给她夹菜。卢莹连说：“使不得啊。”也赶紧给老齐夹菜。两边的筷子就在桌子上头打起了架。

“在我们高黎贡山那儿，有个百花岭，齐老师您知道的吧？”卢莹猛然发问。

老齐不知道。好在卢莹不等老齐回话，径自又说了起来：“那里一年四季都少不了一群扛着长枪短炮的打鸟人。我们那儿吧，穷人不穷鸟。我数得着的鸟，有大仙鹟、赤尾噪鹛、蓝眉林鸲、棕颈钩嘴鹛、红喉山鹧鸪。这些鸟俊啊，小身板的颜色，跟印象派油画似的。您都知道的吧？”

老齐使劲嚼菜，说：“我还真不知道。我只在北京城里打转，拍的那些鸟，都是穷鸟。”他有意忽略卢莹的拽词，他不喜欢她的虚张声势。

卢莹倒是被他的话逗笑了，她笑得越发酣畅。她又用手捂住嘴。可是老齐已经发现，除了醒目的两颗虎牙，卢莹的门牙也有些外翘，上唇轻易盖不住。

“来北京几年了？”老齐只去看菜，不抬眼望人，“做什么职业？”

“您说我这样的人还能干吗，搞家政服务呗。”卢莹痴然一笑。

卢莹哗啦啦地说，自己刚炒了一家户主的鱿鱼。她就是受不下那些莫名其妙的指摘，浑身都疼。她指了指搁在左手边的编织袋，说：“这就是我的所有家当。”被户主赶出来，她就只能暂住在小旅馆。她特意强调一句：“这些旅馆，半边在地下，半边在地上。”似乎生怕老齐没法设想到她的处境。这时卢莹话锋一转，说：“我就想拜会拜会齐老师，学学手艺，学完了就打道回府，没准儿以后还能靠这个混口饭吃。”

老齐无话了，把身子从桌面挪开一些距离。他点了点头，闷头去夹菜。他们现在都放开了手脚，使劲吃，这样对谁都好。

“北京菜就是好吃，谢谢齐老师！”等老齐买单回来，卢莹浅笑着说。她的牙齿半边在唇里，半边在唇外。

“你没吃出来？这是你们云南菜啊！”老齐将手一拍，自己的算盘没打着，他的失落比料想的更多一寸。

“是吗？”卢莹尴尬地笑了，两块天然的腮红变成了艳粉，“真是好吃，北京的云南菜，比云南的云南菜还好吃，我都尝不出出处啦！”她又不合时宜地大笑起来，吭吭吭，像拖拉机刚被发动。

老齐被逗乐了，心就跟着敞亮些，他很久没有如此活泛。老齐对卢莹说，他以前单位有个招待所，离这里不远，价格还算厚道，你若觉得合适，可以住那里。卢莹赶紧回答：“好呀好呀！我都是当天交房费的，家当都背着，稳妥。”

卢莹走在前面，双臂摆动幅度很大，身子有些前倾，像头重脚轻，随时要倒下。她耳郭背后橙色的毛细血管，让老齐想起某种不常见的蕨类植物。老齐突然又意识到她到底是一个女人。这个看似普通的念头，从纷繁的思绪里贸然闯到最前端，让老齐的心瞬间柔和了下来，成了一摊软糯的黏液。

卢莹突然刹住脚，回头冲老齐招招手，说："齐老师，您搞快点儿呀！"

在招待所前台，老齐刻意瞄了一眼卢莹伸出的身份证。名称对上了。地址也没骗人。出生年月，一九七二年的。卢莹才四十六岁，老齐的心就七上八下了。现在卢莹的样子再投进老齐的眼里，整体感觉变得清晰了些。看来身份证是个好东西。

老齐让她自己上楼，说："我就送你到这里吧，有什么事你再联系我。"卢莹索要老齐的微信和手机号，老齐一一照办。她现在双腿立定，深深地鞠了一躬，连说了几个感谢。老齐两只大手朝前推了推，示意赶紧上楼。时候不早了，再晚回去罗拉就得挠沙发了。卢莹最后说了一声："谢谢您，齐老师！师父您早点儿休息。"

回到家，喂了罗拉，逗它玩儿了半晌，相当于补偿。老齐这才匆匆打开笔记本电脑，将页面翻出来。主持人已经登场，伴着一阵阵齐整的笑声。老齐并不知道这些笑声是后期效果，只觉得观众素养高，高到他不是很适应。戴上老花镜，都清楚了。他开始做一套深蹲，一边盯着电脑屏幕，一边伸手去摸索自己的茶缸。两块镜面一闪一闪，非常富有律动。

几双路过的小黑眼珠，贴到老齐大厅未拉帘的窗面上，眼睛纷纷弯作几道小拱桥。有人用拳头敲敲窗玻璃，声音闷闷的。然后就听到他们喊："老色狼！老色狼！"声音听起来很远，像梦里的话。这些叫喊像一段口哨，逐渐拉远，只留下老齐愣怔的目光。他过了很久才缓缓冒出一句："小犊子。"

第二天，老齐有些犹豫，他不知道自己该不该去打鸟。去吧，感觉像在迎合卢莹，到底是该盼着她来，还是希望她别来？这下打鸟的心思就散掉了。卢莹风平浪静地搅乱了一切。不去吧，似乎又说不过去。怕什么呢？一个边远地区来的女人，能把见惯了大风大浪的北京老干部给套路了？从年龄到出身，老齐到底还是有些自视甚高。

早晨去遛罗拉的时候，老齐有些出神，任罗拉怎么拽着老齐要起跑，老齐就是愣愣地踱步，心事沉到了脚后跟。

老齐的手机突然响了起来。是卢莹。他竟然感到一阵窃喜，像是绝处逢生。

卢莹在电话里嗓门依然爽脆，隔着距离，更加不怕天地，比当面还要洪亮。她说："齐老师，要不我做您家保姆吧？保管打不还手骂不还口，谁让我是您的迷妹嘛！我做菜不错，收拾房间更是绝的，跟您打鸟一样绝。当初四室两厅的房子，屋里还有个电梯呢，我都能把它办得井井有条。"光听声音，老齐就能隐隐闻到她烧制的菜香，是那种中规中矩的好。

老齐还是老样子，并没有直接顺过话茬儿，转而说："你中午有事吗？没事的话来我家吃饭吧。省得再破费，还不卫生。"电话里卢莹的"好呀好呀"，简直让老齐心花怒放。挂了电话，他开始跑动起来。罗拉努着劲儿晃动尾巴，嘟起两腮，彻底忘了昨晚的惨遭冷落。

卢莹站在家门口，说："齐老师您一个人住呀。"老齐摊了摊手。他经常在卢莹面前感到无所适从，但他一点儿也不觉得困窘。

卢莹干活儿确实麻利，老齐留心过，暖气片的缝隙都被她擦得溜光水滑。中午老齐做了拿手的炸酱面，卢莹嘴里塞满深褐色的面条说："下回我给您做，我的手艺，虽然不比北京的云南菜，但跟您比还是有把握的。"老齐又被逗着了。他很欣赏卢莹的直接，如此积极的直接，他这辈子还真没怎么碰见。

卢莹跟罗拉自来熟。罗拉当时一看到卢莹就伸长舌头，嘴里轻哼，前腿不断跳跃。老齐开玩笑说："本来还指着它看家护院，现在算明白了，指不上，可惜晚咯。"

"这是什么狗呀？"卢莹边问，边支着手指去掏摸罗拉的下巴。老齐如实禀报："日本柴犬。"卢莹连着哦哦哦，说："我还以为中华田园呢，不过到底离得不远，一海之隔。"老齐没料到卢莹知道得还挺多。

卢莹这天起，每周一三五会来老齐家收拾卫生，她把罗拉的狗窝也拾掇得焕然一新。老齐感觉罗拉已经叛逃到卢莹的阵营，卢莹不在的时候，它在老齐面前就有些狂——老夫聊发少年狂。

那天卢莹在老齐的卧室里，突然对客厅的老齐喊道："齐老师，这是您儿子呀，长得跟您真像，您年轻的时候一定也这么帅。现在也好看，但是成熟的好看。"那张框着的照片就放在老齐卧室的床头柜上。

"儿子得管的，不能不回家看看老人，哪怕只是看看呢。您要是觉得自己下不了嘴，我跟他去通通气，说重了也不怕，谁让我是个村妇呢。"卢莹扒在门框上向老齐张望，像个直接、热络、爱管闲事的村妇。老齐干泡茶，等着卢莹自讨没趣，接着回身去收拾。

卢莹最开始只是顺手下厨，往后老齐就让她天天过来，说："你把我吃饭的事儿也解决了吧。"跟老齐去打鸟收工后，卢莹就跟着老齐往家回。通常都是卢莹买好食材，说算是缴学费。卢莹的手艺及格以上，偶尔优秀，荤素搭配得宜，味道微辣，老齐还能受得住。总之他现在饭吃两碗，过一阵子上秤，沉了不少。

那天深夜，手机突然嗡嗡响。老齐睡得不实，第二通就接上了。

“齐老师，我现在能不能去找您？”

老齐让自己变得迷糊，说：“你说啥？”他真的需要静观其变。

“我认不到回招待所的路了。”话音里夹杂着稀稀拉拉的风声和零零碎碎的车流声，开阔得很有风险。卢莹的口吻难得显出犹豫和飘忽，像犯错事的孩子，或是喉咙患了炎症，声音缥缥缈缈。

老齐回了一句：“好。到屋里说。”他给她发去了线路。他的声音比以往都来得低沉，像一口铜鼎，想要庄严地盖住那边一切的声响。

老齐上了趟厕所，就兜着袖口在胡同口等着。虽是初夏，天还是有些微寒。一个仓皇的暗影从远处晃来，样子有些慌张。老齐把卢莹带进房门，他不知怎的，有些心疼的感觉。但在屋里，他依然在她面前板着脸，听她把话说完。

卢莹说，晚上九点多的时候，招待所来了三位民警，是便衣。他们把卢莹的房门给撞开了。卢莹那时已经睡下，她是从床上弹起来的。她说：“一点儿都不夸张，弹起来的，像蚂蚱。”

警察把灯光都亮开，其中一人让卢莹出示身份证，紧接着去搜她的包裹，另一人趴在地上探了一眼床底，然后站起来，向其余两人摇了摇头。卢莹睁不开眼睛，待她适应了光线以后，发现稍远的那人正举着DV，她先看到的是他，然后才看到更靠近她的那位，他手里举着一台单反，问：“这家伙哪儿来的？”卢莹不知如何作答，她这才发现这是她自己的单反。她说：“这是我买的啊，你们是谁？”卢莹想起要把胸罩的纽扣给扣起来。她隔着起满毛球的粉色秋衣，把胸罩纽扣扣上。警察没有回答她的问题，他们扬了扬手，说：“都穿上，回所里说。”她的脑袋空空的，像个全新的编织袋。

后来卢莹重新穿上外套，跟着三位便衣上了一辆黑色轿车。他们最终准确地停靠在一个派出所的门口。这下卢莹的心才算彻底落定。

问话的时间倒是不长，二十多分钟吧，卢莹大概听出警方在进行某项治安突击检查，得核查一下可疑人员，并请她配合。卢莹不知道自己可疑在哪里，口音？相机？秋衣？她没去问，她在全力地配合，全力地释疑。之后她就拿着一纸杯从派出所装来的热水，独自走在了金色的大街上。她第一次发现路灯让人发寒，金色的路灯让她起了一身的鸡皮疙瘩。她本来不想麻烦老齐的，只是她真的记不住回招待所的路了。

卢莹对着老齐说：“当时警察问我，在北京还认识什么人吗？老乡啥的。我想了想，拼命摇头，说没有。那会儿我满脑子都是齐老师，但依然回答说，没有。”

“我担心连累您，齐老师。”卢莹终于又笑了，右侧虎牙的牙缝上残存着一丝今晚吃的猪肉。今晚她做了红三剁，老齐破例吃了三碗米饭。

后半夜卢莹就在老齐家里住下了。老齐的屋子住下三个卢莹都绰绰有余。第二天早上卢莹醒来，发现老齐已经贴在了那把懒人椅上。他跷着腿，嗅着茶缸里信阳毛尖的香气，说："你要愿意，就在这儿住下吧，省得再闹出故事来。再说住外头也破费不是。"话刚落下，老齐就边掸直裤腿边抢着补充："但你要住我这儿，一来，工钱就抵了啊。二来，对外头，你就说是我侄女儿，来北京投靠我来了。第三，你的衣服别晾在外头走廊上，回头我给你置个简易衣架，搁你卧室窗边。放心，窗冲西，保管一宿就干。"

卢莹说："懂的懂的，人情世故我都懂的，这都不算什么要求，谢谢大伯！"老齐笑着站起身，指头戳了戳卢莹，这口齿转得忒快。

每次卢莹进到老齐的卧房，从不习惯敲门。老齐有时在看书或午休，会被吓一跳。说过她两次，还是老犯，老齐只好默默磨炼自己的耐性和胆力。两个人的生活，说到底，就是互相迁就，以前过得不如意，就是彼此的自留地太多，没拢在一处，吃过一堑的人，也该长那一智了。这么一想，老齐心里就舒坦了些许，往后卢莹再怎么横冲直撞，老齐还真能不为所动。

那天中午，老齐打盹儿了约莫一个时辰，一口气卡在喉咙提不起来，憋醒了。他发现卢莹就坐在旁边的靠背椅上，盘着腿，手里捧着那张框起的照片。老齐爬起身，说："真的那么好奇？"

卢莹模糊地意识到了某种冒失，将照片赶紧放回原位，说："就是替齐老师感到不平。您这么好的人，怎么就没个人来看望看望。"她没有特指谁，而是用了泛称。

老齐哀哀地笑了，他说："你帮我总结得很好，没人来看望，说明我真不是一个好人。"

卢莹笑说："我又说错话了不是。"

老齐告诉卢莹，他儿子已经走了，是永远地走了。卢莹拍着自己的脑袋，连说："失礼，失礼啊。"老齐说："我已经不拿你当外人，什么都能说的。"

于是他接着说，老伴儿前些年得了宫颈癌，不到半年就去世了，其实也算不得老伴儿，年轻的时候就离了。儿子大学没毕业就去做了职业鸟导，天南海北、四海八荒地飞，去年夏天带团到印尼新几内亚的打鸟胜地卫吉岛，拍鸟观鸟。照说已经轻车熟路了，却在红树林里被一条金环蛇咬了一口腿肚，蛇毒迅速蔓延至全身。他在从卫吉岛赶往新几内亚医院的船上，摇摇晃晃地离开了人世。

"这张照片，是他进林前拍的最后一张。你看他笑得多爽朗，一口的白牙，随以前的我。现在不行了，让烟熏火燎的。实话讲，这么多年，他在我跟前从没笑得这样开怀。”

卢莹的眼泪说来就来，打在衣口上，噼里啪啦，像雨落在塑料棚的棚顶。

儿子出事以后，上头体谅老齐，也是快退休的人了，给他调到闲职，没事让他在家歇着，出去走走也成。老齐知道有很多人想看他的哭丧脸，老齐不会让他们得逞的。要哭要丧，那也是他关起门来自己的事。

那天早上醒来，老齐看着堆放在墙角的摄影器械愣神儿，那是从印尼寄回的儿子的遗物。他忽然感觉肌肉在发胀，心里有一颗幼芽破土而出。老齐的心痒酥酥的，他整个人都想动起来。从那以后，他开始自学打鸟。

老齐对卢莹说，罗拉最初是儿子带回家的，名字也是他起的，要换作是他老齐，铁定不会起这么一个让人摸不着头绪的名字。“当然了，顺口了就好了。蛮好的，蛮好的。”儿子只给罗拉喝温开水，说这厮肠胃不好。从那时起，罗拉就当上了太上皇。

老齐还有一个女儿，叫齐媛，多年前就在演艺圈闯荡，眼下在一个什么女团里混着，没成气候。平日很少联系，她忙，对老齐也一肚子的怨气。她是母亲带大的。老齐平时得闲，就会看看她参加的节目。他看得一知半解，算是给她加加油，该动手投票的时候，老齐也不含糊，还硬着头皮，把相关页面转到家庭群和工作群，鼓动鼓动，臊得他在屋里遛起了八道弯儿，散热。

那次跟女儿求了一回，终于可以看见她微信的朋友圈。但她仅展示最近三天的朋友圈，一不留神就过去了。她发在上头的照片，多半在昏暗的包厢里，有那么几缕彩光，一排的酒瓶，偶尔会出现跟她一样装扮浮夸的男孩儿和女孩儿。大多发在凌晨，老齐起夜的时候发现的。老齐偶尔会在底下留言："少喝酒，早点儿睡。"不出意外地没有回复。

老齐把桌柜打开，里面放着一本相册，都是当年的照片。卢莹说："我不敢看。"她走了出去，对着阳台的花草接着抽抽搭搭了一会儿。

吃饭的时候卢莹问："之后就没有合适的了？"

老齐嘴里衔着两口饭，回答得很充实也很含混："不了吧，闹得够凶的了。"

老齐后来趁着卢莹干活儿的间隙，轻描淡写地给过她一副望远镜，还有一个55—300毫米的镜头。他话是这么说的："你也到了该考虑装备的时候，再说了，你是我的徒儿，成天使唤一个裸机，我面儿上过不去。"卢莹悉数收下，在餐饮和保洁上更加狠下功夫。老齐觉得近来不仅他胖了，罗拉也跟着胖起来。他重新在二手市场买了一辆现代途胜，抽空就载上卢莹，去北京周边的十渡、坝上草原或者野三坡，走走看看，也打鸟，重在换口空气。靠着降压药，他的血压很稳定。

那天饭后散步，卢莹跟老齐道出了自己的一些情况。原来她跟过一个喜欢拍鸟的油画家。他们是油画家到高黎贡山拍鸟时认识的，是他把卢莹带到了北京。这油画家是北京人。

故事汹汹地来了，老齐赶紧找了个空座椅，让卢莹歇着说。罗拉也识趣地趴着，身子一动不动，好像它也听得懂。

当时这油画家一行人是到卢莹家附近一带打鸟。卢莹好奇，就跟着过去围观。油画家嘴俏，跟卢莹打起了小嘴仗。就这样处了三天，他们都感觉味道变了，变甜了，起腻了。那天油画家独自送她回家，在路上偷亲了卢莹的嘴，卢莹整个人软得动不得。她的初吻就这么被薅走了。油画家回北京前问卢莹，愿不愿意跟他一起回去。卢莹没有挣扎，说我愿意。她的脑海里早就贴满了油画家的肖像，日日夜夜都摘不走，有点儿像那天晚上在派出所里，她的脑袋装满了齐老师。

“你一个人跑去那么远的大城市，就没一点儿犹豫？”老齐问。

“没有，就想着爱情了，”现在卢莹的眼睛有些放空，她说，“北京都没想的，就想着爱情了。”

“家里人同意吗？”

“管不得的，那时候的我是管不得的。他们也不愿管，我们兄妹四人，管不过来的，别伸手要钱就好。”卢莹的笑容终于变得滞涩了些。

“齐老师，您知道我之前在我们老家是做什么的吗？”

“你说。”

“我们老家有个景区，叫清平洞，是明代爱国将领邓子龙所开辟，风景秀丽，文物荟萃，还是挺不错的。当然啦，跟北京的名胜古迹没法比。我在那里当售票员。以后齐老师要想去看看，我可以跟那边的人通通气，可以免票的。”卢莹瞪大眼珠看向老齐，像在等待他的赞许和钦佩。

老齐并没有迎合她的期待，他说：“你接着说，说你们的事儿，那个什么油画家。”

就这样，卢莹跟着油画家飞到了北京。话说这还是她头一次离开保山市。油画家让她住在一个一室一厅的房子里。房子朝南，光线够亮，虽窄了些，但装修不错。用卢莹的话说，很古香古色。在这个房间里，油画家让她把衣服全部脱下。他画了很多她的裸体像。卢莹很喜欢画布里的自己，她喜欢这种似是而非的感觉。

“这么说，你来北京有些年头了啊。”老齐思考了很久，还是打算把话题岔开。

此时地坛远处阳光合唱团的团员们正在高唱红歌。旋律激昂，歌声嘹亮，在远处高高地飞着。

“可不是嘛，但我没享到几天的清福。因为很快我们就分手了。”

“他有家室？”

“齐老师您真聪明，我都没开口，您就什么都知道了！”卢莹咯咯咯地笑起来。她像在谈论某位同乡一样，谈论着自己的过往。

卢莹接着说：“我当时都没想到，您一下子就想到了。现在想想也是，他要的是刺激和浪漫，我要的是踏实和爱情。我们不一样。”

老齐说：“你们完全是过家家嘛。”他有些气不打一处来，也不知是生谁的气。可能是生社会风气的气。

“当时不知道嘛，我哪有您这么聪明。”卢莹像是有些委屈，停了一会儿说，“他孩子都快赶上我了。”

老齐拍了一下罗拉的后背，然后不知道是对谁说：“回家！”

卢莹后来跟老齐说：“我说句不好听的啊，您长得有些像他，就是我的那位，前任。”从她嘴里说出“前任”两字，总感觉有些突兀。

老齐照例挤挤肩，撇撇嘴，说：“我能说什么？”他很讨厌这个比附，但他希望这句话并不是一个完结。

“我现在估摸出来了，你们有共同的爱好，都是有品位有追求的人。还有，你们的祖先打一处来的，打山顶洞来，不像我，元谋人来的，所以你们有些接近很正常，但你们到底是两类人，你比他踏实。”卢莹那天一边拖地，一边对着厨房里的老齐说。她是喊着说的。这天是老齐下厨，他想改口吃吃炸酱面。老齐当时没回话，他在给胡萝卜切丝儿，刀法很爽利。卢莹不知道他听没听见。

自从卢莹搬进来以后，老齐夜里睡得特别安稳，都不带做梦的。他最近给自己上起了闹钟，六点半。他轻易地闯过了五点五十分的界限，他对此十分吃惊。如果现在让老齐尽情睡下去，他真不知道自己何时才能醒来。他有点儿喜滋滋地怕。

拜齐媛所赐，老齐没少在网上瞎逛。新闻他很早就看到了。“齐媛心机重，争抢团体C位。”“齐媛音痴，阎王锁喉，车祸现场。”“齐媛黑历史，三任男友大揭秘，整容史大公开。”

老齐跑了一趟八大处的灵光寺。他以前经常来这里，给自己的仕途清扫绊脚石。这回他特地对着佛龛金莲花上横卧的佛牙舍利，给齐媛念念吉利话。他知道不能急，可他依然心乱如麻。

齐媛没日没夜地躲在自己出租房里，老齐揿了半天门铃，门才幽幽地漏开小半。齐媛重新窝进被窝，穿着皮凉鞋的老齐则坐在巨大的深灰色布艺沙发上，样态与环境看起来有些犯冲。他犹豫了好些时候，还是决定暂且闭嘴。他觉得自己的沉默是雷霆万钧的。

他望了一眼手表，走进厨房，给齐媛做了一荤两素。齐媛要身材不要营养，但今天他决定给她多做一点儿。吃不吃是她的问题，量足不足是自己的态度问题。他疾着碎步把饭菜端到床头柜上。

齐媛既没看菜，也没看人，只是黯然地说："你跟那个女人，到底是什么情况？"她的鼻音很重。

她是那天回家，看到他们一起正满头大汗地吃饭。卢莹起身，让她也坐下吃两口，说："我常听齐老师说起你。"齐媛当即转身离开了，脸很臭，扔下一句："这个家，什么时候鸡鸭狗都能进了？"

"能，能有什么情况。"老齐口吃起来，他一时不知道怎么去解释。解释原委往往讲究天时地利人和，如果准备不够充分，很多事情非常容易被歪曲。

"本性难移。"齐媛忽然冷笑一声，哼出一口气，"你请回吧。"

老齐更加不能说话了。他很响亮地叹了一口气，像在叹给全世界看。他真的往门外走去。他是有些生气了，他不能忍受别人对他的误解，而且是他最亲近的人。

回到家，老齐干巴巴地睡在躺椅上，像一块冰凉的花岗岩。

卢莹从房间里出来，问说："怎么回事啊，看起来无精打采的。”老齐第一眼先看到她脚上粉红色的棉拖鞋。

“不关你事！”不知为何，这双棉拖鞋加剧了他的愤怒。

老齐不知道卢莹何时又悄悄踅回了自己的房间。那种熟悉的自我谴责和自我厌恶，又回到了老齐身上。这晚上他忘了洗漱，也忘了如何睡眠。他就直直地躺在床上，外套也没有脱掉，眼睁睁看着天色逐渐变浅。光线强行穿过尼龙面料的窗帘，朦朦胧胧，含含糊糊，让人心烦意乱。

卢莹早早起身，她煎了一锅猪肉葱饼，是老齐喜欢的咸口。老齐没有落座，只用手捏起一张，咬了几口又撇下。

卢莹肯定这是他故意给她摆脸色。“我哪里惹着你了？”卢莹自我检讨了一下，她没有什么重大发现。

“没有。”老齐又背过手，吭哧吭哧走回自己的主卧。卢莹觉得他在躲避什么。

在卢莹去洗碗的时候，老齐不等她收拾停当，独自牵着罗拉出门遛弯儿。罗拉哼唧哼唧，晃着尾巴往厨房里张望。老齐硬生生把它给拽出门。晚上卢莹走进老齐的房间，老齐再度注意到她那种类似麋鹿的步伐，一点儿也不够局气。

她瞪大那对浅褐色的眼球，委屈地问：“怎么了嘛，干吗给我脸色？”她的话音依然脆得利落。

老齐柔了一截，可嘴还硬着：“没什么。”

卢莹直勾勾地盯着老齐暗蓝色的脸膛，说：“你不要像个孩子一样嘛，有话直说嘛。”老齐应该知道的，卢莹不会拐大弯，他不能这么藏头露尾，玩儿揣摩圣意那一套。

“是你要我说的啊。你能不能别凡事跟在我屁股后头啊？住哪儿你也清楚了，该干吗干吗去。你找份工作也成啊，别成天瞎晃，年纪轻轻的，就开始享清福啦？”老齐逼着自己狠下来，他狠下来自己也很疏隔。

卢莹两手一摊，说：“我给你提供服务，从来没有半点儿懈怠，我赚我该得的钱，你怎么能说我是在享清福？”见老齐还歪着嘴，卢莹接着说：“我懂了，就是嫌弃我了呗。真是给您添麻烦了，让您费尽心思找借口。我也是蠢，人家要逐客了，我还在这儿跟人家摆道理。”

老齐一把推开座椅，说：“你最好是懂！你自己摁着胸口想，我对你，够仁至义尽了吧？”老齐拉开了架势，他想这样热热闹闹地吵上一架。

“谢谢你的关照。”卢莹猛地深鞠一躬，说，“你很自我感动吧？”她总能出其不意地蹦出很多非常书面的语言，把老齐给惊一下。

她现在扭转身，“四不像”地走了出去。她主动弃权了，晾着老齐一个人意犹未尽。她的话像一颗燃烧弹，掷到老齐阴郁的脸上。老齐的老脸现在疼得难受，他不忍去看。它一定非常丑陋，像一块烤煳的烧饼。

第二天老齐醒了个大早，他的睡眠估计也被他给吓丢了。他窝在自己的房间里翻书，假装很投入。他一行字也看不进去。

将近中午的时候，肚子里只剩了气体在肠胃里打滚，还不见卢莹来喊他吃饭，哪怕只进来打声招呼也好，让他有个台阶下。老齐只好背手踱出去，他赫然撞见门口摆放着那双粉红棉拖鞋。他疾步拐进卢莹的房间，她的东西已经清空，被子被她叠成了豆腐块。老齐送给她的望远镜和镜头，全都摆在那张老齐废弃的书桌上。

她是什么时候离开的？老齐对此毫无察觉，他现在想去追都没法追。天花板开始顺时针旋转，老齐赶紧摸出口袋里的降压药，往嘴里塞了几片。他现在倒进那张躺椅上，一动不动，成了一条等待立春的蛇。

卢莹会去哪儿呢？老齐没料到自己会被这样一个女人害得患得患失，他现在在参透自己这件事上彻底缴械了。老齐只给卢莹去过一个短信："你去哪儿了？气消了赶紧回来，给你拐到西海固才好。"没有回复。老齐既在自责，也迁怒卢莹。这女人怎么那么娇气，一骂就跑，到底是没吃过真苦头。这样一想，心里并未觉得更加好受，像有一片海浪打过来，人变得动荡，胸口又呛又咸。

这天起，老齐被迫重新转轨到独处的状态中，还多出了几分不甘。除了三不五时传来血压测量仪嘹亮的嗡嗡声，还有放学时成群结伙路过胡同的小学生携来的欢闹，房间笼罩在那种老齐熟悉而厌恶的漫长静默里。罗拉的胃口竟然也比从前要小，似乎同样对眼下的生活意兴阑珊。

两个月也就一晃眼的工夫。一天中午，有人叩门，声音很弱。老齐跑得比罗拉还快。待拉开门一看，是齐媛。

眼下的齐媛显得格外瘦小，要是能上镜，倒是很衬她的意。可惜现在她被公司冷藏起来了，以保护之名。老齐是在网上看到的。

她披了一件冷感的驼色风衣，让老齐觉得有些距离感。老齐现在的心绪全都是错位的。他把齐媛让进屋里，他不愿多言语，他要先看看她是个什么态度。他到底是她的父亲，不能彻底丧失父辈的威严。

齐媛说，她准备到美国去进修，以后转到幕后。老齐说："你们演艺圈的事情，我一星半点儿也不懂。总之，你自己做决定，对自己的决定负责。只要不犯法，都由着你。"

齐媛点了点头。她说，她的签证估计不多时就下来了，学校已经申请好，她往后小几年可能都没有办法经常回来看望老齐了。甚至，如果，她没有说下去。

"你能照顾好自己吗？"齐媛问。

"开玩笑呢？这么些年来，谁伺候的我？"

齐媛不再发话，老齐自己也嗡嗡的。

齐媛后来给老齐打来一个电话，她说："老齐，我联系到了卢莹。"

老齐哑然，他的心跳骤然高了几档，蹦得十分剧烈。

齐媛是透过论坛找到的卢莹。她现在在老家拍了不少鸟，不时上传到论坛里供大家品评。可惜老齐已经很久没有关注，他的手艺最近有些荒废。

在电话里，齐媛跟卢莹聊了很多。关于老齐，也关于她自己。齐媛告诉卢莹，老齐其实非常需要有个人陪伴。

"那个人不是我，是你。"齐媛说。

卢莹大声地回道："我就不捣乱了吧，他已经够恼火的了。"

"恼确实恼，但能让他彻底安下心来的，也只有你了。"齐媛觉得自己说得还算比较委婉，像老齐在说话。

齐媛现在对着老齐说："你又不是为我而活，我有自己的路数，也有自己的命数，这都不需你操心。你可千万别为我做什么牺牲，也不用为过去弥补什么，一点儿都不光荣，我也不会觉得你伟大。"

临行前一天，齐媛回家跟老齐吃了最后一餐饭。过桥米线。米线有点儿煮糊了。齐媛笑说："终于有东西替掉炸酱面了，好。"

在饭桌上，齐媛东瞟瞟西瞅瞅，咬咬嘴角，还是说了："老齐，你为我做的那些事，我知道。只是纯粹要跟你制气，要不跟你制气了，当年妈对我说的那些话怎么算？我怎么跟她交代？这种分裂和矛盾，才是这么多年来我最大的压力，好像我做什么都不对，怎么做都不可能做好。我这辈子注定是失败的。”

齐媛的眼泪在脸上奔腾，老齐不敢再有丁点儿的脾气，赶紧去拍她的肩膀。肺腑之言何其多，乱糟糟都堵在喉结里，烫得难受，挤过缝儿的就一句：“傻丫头！”再一句：“是真傻！”

齐媛洗好碗，陪着老齐出门去遛罗拉。他们聊到了卢莹。齐媛问老齐什么打算。老齐犹豫半天说，一把年纪了，都现实一点儿吧。

“我说老齐，你精明了一世，别糊涂这一时啊。”齐媛离开前，扽了一下老齐的衣袖。老齐不搭话，他的脸稍微宽展了些，透出一点点亮。

齐媛俯下身，捏了捏罗拉两团肉嘟嘟的腮帮。罗拉眯着眼睛，它很享受这样的互动。齐媛走了，一直喊老齐别送。罗拉在一旁，不停地叫。

老齐回了一趟单位。他选在这天正式办理退休手续。他第一次作为无关人等，回到自己奋战多年的办公室，手里提着最后一箱自己的物件。他拒绝了司机小覃要帮他搬下楼的好意。这晚上，老齐倒是没有谢绝老同事们撺掇的饭局。他给自己重新梳了一个大背头。他有段时间没打理头发了，他的头发现在是一片明明灭灭的灰白。

这回坐在圆桌的主位上，他生出很多感慨，又有种置身其外的感觉。遥想当年的合纵连横，何苦呢。也只能想想。他找出很多由头，给自己灌了好些酒。他在今天，把所有人都喊成了兄弟。赶在酒足饭饱离席前，老齐偷偷下楼结了账。不舍在不可遏制地泛滥。借着酒精，他终于长出勇气逼视自己的内心。他的不舍不是对官阶，而是对自己大半辈子的不舍。还是老歌唱得好，“时光已逝永不回，往事只能回味”。

两天之后，老齐穿上一套修身西装，打了一条宝蓝色的领带。他的香水和啫喱水用白背心包好，放在行李箱内。除了贴身衣物，里头装满了打鸟用的长枪短炮。他叫了一辆车，直奔首都机场。飞抵昆明长水机场后，老齐得马不停蹄转到西部客运站。

他最终顺利登上最后一趟去往施甸的夜班卧铺。

齐媛告诉过老齐卢莹家里的具体地址。他打算到施甸以后，再给卢莹去一个电话。

在微微颠簸的大巴车里，老齐有些紧张，也有些激动。窗外是茫茫的夜色，老齐隐约看到防撞护栏外闪现着几道绿光，像是麋鹿的眼珠。

老齐不知不觉地把脑门儿靠在窗玻璃上。他睡着了。他的头轻微撞击着窗面，但他依然睡得格外酣甜，喉结里传来微弱均匀的鼾声。

面　具

会是父亲吗？

早上起来，先去刷牙，牙龈还是出血。陈青吐了一口，又吐一口，再吐一口，泡沫里的红色不曾消减。她笑了笑。镜子在石灰墙上遗留的椭圆形轮廓，暗淡，残破，像在痴等渺渺无期的修缮。一只蟑螂从盥洗池里探了出来，触须修长，羽翼油亮，应该在陈青家里过得挺滋润。陈青想：它比我适应得好。这只蟑螂一路向上攀爬，溜进灰黄色的椭圆形内，停住，两根触须向两侧缓慢移动。

父亲是这时候醒的。

陈国金从房间走过来，木屐拍打地板的声音高得刺耳。他定在陈青身侧，是要她借过。陈青看着父亲，没有挪步。陈国金终于说："弄好了吗？"他的声音不像刚睡醒，似乎已经在床上躺了很长时间，足够陈青把昨夜的梦再咀嚼两遍，然后起身，将两人份的肉丝米线煮熟，分装，最后撒上鲜嫩的葱花。但他的眼皮还是那么矮，永远把灰色的眼珠截成两半。睡眼惺忪，这是一个绝佳的案例，或说模板。陈青盯住父亲堆满褶子的脸皮，那里散布着很多针孔大小的红点，横纹起伏的额面，现出厚厚一堵暗红的瘀痕，不知是贴脸谱伤到的，还是手臂压出来的。陈国金睡觉喜欢把臂弯晾在额头，遮挡窗帘也拦不严的光。

是他吗？

“我还没洗脸。”

“哦。”

陈国金侧身，将肚腩吸走，进了厕所。他在撒尿，尿声窸窸窣窣，一听便知道瞄不准那个小黑洞。时间还很长，顺带放了一个同样绵延的屁。陈国金没有关门，他上厕所总不爱关门。等陈青再转过脸去，那只蟑螂不见了。

早餐是两个馒头，还有一碟咸菜、一碟豆瓣酱。没有冒着热气的米线。

陈国金说：“今晚吃什么？”

陈青说：“随便。”

“哦。”

陈国金骑他那辆长锈的26式自行车去上班。陈青躲在窗帘后窥看，父亲的左脚踩在左踏板上，右脚在地面向后连蹬三下，然后跨到右踏板，动作非常娴熟。陈国金忽然往自己后上方瞄了一眼，陈青不知道是不是在看她，她很及时地将脑袋退回暗处。挂钟这时敲响了一下，还要再敲七下。

陈国金是在火锅店里表演变脸。

这家火锅店开在景区边，价格偏贵，但陈国金不贵，一个月到手四千，跟服务员工资差不多。每天中午十二点到两点，晚上六点到八点，整点半点他都得来一下。外地游客热情，往往捧场，喊几嗓子，鼓掌，小朋友最凶。陈国金登台，脸谱下的老脸纹丝不动，心里想些别的事，双手自然举过头顶，轻轻一拉，脸谱一张张扯落，再热烈的欢呼也没有太大成就感。他想赶紧结束，回到后台，坐到那把陪了他五个年头的靠背椅上，一声不吭地看本地电视台都市生活频道的社区新闻，一直待到大堂经理扯上一嗓：“老陈，该了！”

要是顾客多起来，他就得加一段喷火。好在火锅店的味道不好，有两年多没尝试过喷火表演。那根含在嘴里的细管荒在角落，长满灰茸茸的霉菌。

陈国金的脸谱是陈青画的。陈青平时在家无事，陈国金就买绸子让她画。陈青油画科班出身，画脸谱，弯转得不大，画起来像模像样。陈青绘制的脸谱，老传统不动，红色忠肝义胆，黑色铁面无私，白色阴险狡诈，绿蓝阴险斗狠，金灰虚幻神秘。再依人物背景个性适当发挥，笔锋务求锐利粗犷，颜色对比必须炫亮强烈，都是为了撩拨观众。她个人喜欢猫头鹰和猫，前者她从没见过真的，后者天天能看到，它们在小院的楼下趴着，跟自己一样悠闲，时间过剩，只是它们晒在阳光里。她把它们画在脸谱太阳穴的位置，留给自己看。

陈青仍然会关注化妆的新近动态。或许画脸谱这件事，让她拥有继续留意化妆潮流的些微凭据。泪滴妆、大红唇、大眼影，不是不可以在脸谱上试验一番，把陈国金的脸谱弄得颇具女性化和摩登感。大堂经理不懂门路，只求脸谱能翻出不同花样，所以陈国金任由陈青发挥。陈国金也不觉得自己真的懂变脸，到底是野路子，骗骗外行混口饭。他甚至都不是本地人。

父亲不是本地人，他跟人说话都讲普通话，陈青不知道这是不是他沉默寡言的原因。要不是从小在这里长大，陈青估计也会跟父亲一样，说一嘴歪歪扭扭的普通话。她不是很喜欢这样，所以她跟陈国金说话，绝不会迁就他。也不需要迁就，他只是不会说而已。或者不想说？陈青不知道他们家来自哪里，她从没关心过。对于过去，她都没什么兴趣。

脸谱不仿真，一张张光怪陆离，是越夸张越好，图一句相由心生，生怕旁人猜不透脸皮所喻示的角色和心理。这跟如今人们的妆容大相径庭，现在大家化妆是越美艳越好，越猜不透自己的心思跟背景越好，总之，越不像自己越好，所以都趋同，都表里不一。但到底想要像谁呢？都不像，都不够像，所以彼此很像。

是脸谱更富戏剧性，还是化妆？陈青不清楚，她只知道自己的脸膛跟笔下的脸谱存在某种别扭而深层的联通，但生活里的陈青，终究不是舞台上的陈国金，她的脸皮只有一张。她不能变，好或坏，她只得是她。

所以当那人说，我能给你一张全新的脸蛋的时候，无疑是一个如假包换的梦了。是陈青的美梦，当然，她不想让它落空。梦中人自称曹端公，免贵姓曹名端公，戴着一副枣红的脸谱，好一张有情有义的脸蛋。但他说这并非面具，而是他的庐山真面目，脸上有谱，办事靠谱。怎么可能有人长这样，陈青懒得争。曹端公说："什么事情是不可能的呢？你以前想到过你会变成今天这样吗？"陈青被噎得没话讲。

这曹端公说："我到时给你寄去一张脸皮，你尽管放心戴上，重新走出家门。和以前一样，跟留脏辫的帅哥抛媚眼，跟闺密逛街吃饭，说另一个闺密的坏话。"陈青气得脸发绿，说："我没有闺密，也没有什么帅哥，那都是些蚌精蟹精。"曹端公笑笑，笑起来还是盛怒的样子，这就是脸谱的弊端，这点跟现在的陈青很像。他还在说："你到时按我给你的地址把钱拿来，不贵，二十六万，我知道这对你而言什么都不算。"陈青说："你他妈废什么话，你到底是谁？"陈青年轻时总爱爆粗，当然，她现在也依然年轻。

那人说："我是曹端公啊。我知道你要问的是什么，但我只能回答到这个层面。世界上哪有那么多的真相，你信我就对了。"

这个梦很奇怪，它太过清晰，而且直指要害。醒过来很久，陈青的心还跳得厉害，喘大气，像刚刚溺水得救。

一张新的脸皮。

那个人，陈青觉得很像陈国金，挂着一张关二爷似的脸谱，假冒什么曹端公。他们嗓音也有些像，沉闷，个头儿差不多，矮秧子。陈国金没什么本事，所以把生活过得很拮据，把自己的人生连同他女儿的人生折腾够呛。像父亲这类人，陈青算看透了，要是银行卡里没有可观的数额，想要一段不凑合的二婚，无望。

现在，陈青坐到自家阳台的懒人椅上。坐南朝北，阳光晒不到，但外头的热浪还是紧凑地逼过来。陈青看了看远处一动不动的连片的树顶，明暗错落，如海一般。她在寻找活物，比如往日经常出现在这一带天空的鸽群。没有鸽子的踪迹。她的眼睛开始巡视阳台，晾衣架上自己的内衣小巧玲珑，跟陈国金丧失了弹性的蓝色大裤衩形成鲜明对比。懒人椅边上的小茶几，摆着陈国金的白瓷茶杯。里面还有小半杯褐色的茶水，陈青拿来喝了一口，有点儿馊臭，她赶紧起身吐到花盆里，把剩余的茶水和茶叶倾倒在那盆仙人掌的泥面上。泥土板结、干硬，水转了一圈儿，没能下渗，带着茶叶继续浮游。

花易凋零，母亲走后，阳台上再也没有出现过花类。只有这盆长得杀气腾腾的黑色仙人掌，藤条互相绕成一团，天气好的时候用来晾晒过冬的棉拖。陈青并不知道这株仙人掌叫什么名字，她不抱希望地问过陈国金，他果然不知道。

陈青把书举在手上，并没有翻动，书签还是夹在书的中部，昨晚睡前的位置。书签其实是一张美容美发卡，按理里头还有好几百块钱，那是三年多前的事了，现在陈青在百度地图上查找，已经找不到这家理发店。原址如今是一家名叫紫罗兰的足道馆。

陈青当年让陈国金替她把卡里的钱花完，陈国金说他的头发，妖魔鬼怪碰不得。他把发廊里的理发小哥和洗头小妹统称“妖魔鬼怪”。他还是到三条街弄外的岔路口，找给他剪了几十年头的老师傅剃露天头，刮露天胡。他的发型是颇为古典的秃顶男人那种欲盖弥彰发型，中心秃圆相当于台风眼，外头一圈儿发丝是风暴，陈青把它称作“台风头”。何苦呢，莫不是想要蒙蔽比自己还矮的人？比陈国金还要矮的男人，陈青觉得应该很稀有了。

她又想到梦中的那个曹端公，正是这个个头儿。她上网按发音查到了“端公”二字。端公，意为“男觋”。神神道道，卜筮前路，不知真假。陈青惊讶的是她从没有做过如此真实的梦，逼真到梦的细节完全超出了自己的认知，而且是正确的，她怀疑这又是陈国金弄出的把戏。父亲其他本事从缺，旁门左道倒是挺有几手。

当年的陈国金，出门买菜被一辆摩托车撞了个人仰马翻。

他当即记下了摩托车的车牌号，激动得发抖，冒出一迭怪笑，握着别人的手连说谢谢。别人以为遇到神经病，骑上车就跑了。陈国金用这串突如其来的数字给自己下注，真让他赢了一笔，够他支付医药费。现在，每到天将下雨，他就不无得意地跟陈青说："雨要来了，收衣服去。"那一撞，给他撞成了气象监测仪。

但更多时候，陈国金笑不起来。是他自己把自己给坑了，他的精明远远不够补偿他的笨拙。老婆走了，家里的东西越来越旧，也越来越简约。现在的陈国金，还有折腾的本钱吗？陈青觉得如果有，那就只剩自己。多可怜的本钱。

陈青现在蹲下身，拿刷子把厕所地板刷洗一遍。陈国金的尿液洒到便池边沿，大片的铜黄色，粗糙的臊臭里夹着几缕陈年的酒气。陈青每隔两天，都要这样清理一番。然后再用拖把拖地，从大厅到自己的卧室，再从自己的卧室转到父亲的卧室。父亲的卧室除了一张床和一个简易衣柜，什么也没有，他不看书，也不怕热，没有书桌也没有空调。唯一的空调在陈青的房间，本来雪白的内机，现在变成跟陈国金茶杯里的茶水一样的颜色，跟他溅到便池上的尿液相近的颜色。

她试着躺在陈国金的床上，凉席太硬，枕头有风油精的味道。陈青回想了一下今天陈国金的回头。他以前从不会做这个动作，慌乱中有些愧意，像是突然意识到自身某个别人早已洞察并释怀的过错。陈青突然很笃定，他看见了躲在窗帘后的自己。

午餐陈青大部分都点外卖，她早就吃腻了自己做的番茄炒鸡蛋。每次送餐员打来电话，她都先把自己关在卧室里，然后对着电话说："我人还在外头，你放在门口就行。"房间隔音效果不好，每天深夜，陈国金毫无规律的打呼就像在陈青的耳边吼，所以她把声音尽量压得很低。她有几次怀疑送餐员已经听到声音是从屋内传出来的，她同时感到做贼一样的心虚和做贼一样的激动。

放下电话，陈青蹑手蹑脚挨近门边，门外响动的时候，她挑一只眼睛凑到门框和门板之间一处狭窄的空隙上。她会轮流在不同的订餐软件下单，比较不同外卖公司送餐员的区别。除了服装不大一样，其余很雷同，一样的暗淡，一样的神色匆匆，一样的陌生。这注定是一个意兴阑珊的游戏。

老木板门没有猫眼，陈青一直催陈国金换一个带猫眼的防盗门，说是出于安全考量。陈国金嘴上答应，并不付诸行动，晚上把脚叉开，搁到茶几上，目不转睛地看地方台重重复复的社区新闻。陈青不敢再催促，陈国金逼急了就会说："不然你白天自己去找人安装，我给你钱。"

陈国金知道陈青不敢踏出家门，他在有意无意地按压她的痛处。陈青的脸蛋维持一贯的凶神恶煞，在陈国金眼里，这是云淡风轻的意思。没有人会发现她在隐隐作痛。她自己都没意识到。

曾经的陈青，长得不算亮眼，也绝对不孬。眼睛是单眼皮，单眼皮也出好姑娘，综艺里的韩国人不都是单眼皮。但她一直坚持说是内双，然后很卖力地挤出来。她的眉毛很淡，两截灰溜溜的黄，不够洋气。鼻梁也不挺拔，三角形的鼻孔总是黑乎乎地冲向人，不够含蓄。嘴唇太薄，下巴太短，都是从母亲那里继承的，陈国金说："将来你也是一个刻薄的女人。"有些人的脸，各个部分乏善可陈，但全部攒一起，倒能挽回不少的声色。陈青很早就懂得装饰自己，将校服的裤腿收小，改成萝卜裤，别人的白衬衫都是涤纶料，陈青自己上街买了亚麻款的，不管刮风下雨，袖口都要往上挽两道。政教处主任看着不对眼，也纠不出错，最多让陈青把袖口撤下来："放着国歌呢，端庄点儿，行注目礼。"她深谙在不同的男生面前展现不同的性情，娇弱或倨傲，把那些永远长不大的男孩儿唬得团团转。

陈青曾认真地交过三任男友，她最喜欢第二任阿华。阿华不仅有一副好身体，还有一副热心肠，他总是语重心长地说："我们应该多多关注肯尼亚街头的流浪儿童。"他每天都会用发胶把自己的发型固定得非常稳妥，正如他总是要求陈青进门务必洗手，洗澡前不能上床一样。陈青觉得他一点儿都不像搞文学的射手男，搞文学的人，怎么说呢，应该大行不顾细谨。但阿华说："我是一名文学编辑，编辑得讲究细节，一个错别字、一个错误的标点，都不能放过。”他说这句话的时候，正在用舌尖触探陈青的胳肢窝，每一处都不能放过。

他们算是和平分手，严格来说，是陈青先提的。那时她已经跟一位蓄着跟猫王一样粗密鬓毛的酒吧驻唱歌手眉目传情。到摊牌时她才了解到，阿华也已经坐拥一位大屁股、蓝眼睛、颧骨密布雀斑的洋女人，是的，并非他时刻关怀的来自非洲肯尼亚的某位黑珍珠。后来阿华有没有跟这位大屁股蓝眼睛颧骨密布雀斑的洋女人一起去肯尼亚救助街头流浪的儿童，陈青并不清楚，她只是听人说，阿华已经拿下美国绿卡，生物钟早早调到了西八区。

陈青很清醒，她的桃花运是自己硬生生挣来的，她那么苦心经营，费尽心机，才勉强跟那些天生丽质的女孩儿打成平手。随着这帮女孩儿自我意识的觉醒，她们迟早会独占鳌头，把陈青挤在身后。

陈国金在赌场上不服，陈青在情场上也不服，这是家族遗传吧？怪不得。陈青后来觉得，自己的不幸就是一种宿命。天要下雨，娘要嫁人，都是拦不住的。所以陈青拦不住地要对自己的五官进行一番旧城改造。先是眉毛，去美容院植了毛囊，植眉的效果挺理想。然后，越发看不顺眼的地方变为咬肌，打过几次瘦脸针，反反复复不得要领，咬咬牙，干脆做面部磨骨。胆子就是这么野起来的，假体隆鼻，开双眼皮，开眼角，垫下巴，拔牙，鼻头缩小。都做，不做不休。

那时陈青一直揣着一张小时候一家三口的合照，用它对付主卧那个牛头牌弹子锁很管用。照片插进门缝，自上而下，哗啦一声门就开了。她的钱都是这么来的。这张照片老早就变得皱巴巴，塑封膜开着几道口，满目疮痍、面目模糊的一张相片。后来，主卧的门就不用关了。

陈国金败掉了扳指、项链、手表，连一套像样的西装都没了。那天晚上的他像无数个夜晚的他，趔趄到家，从客厅到厨房，从卫生间到卧室，酒气跟着他迅速灌满整个房子。他没能看见妻子的身影，这是唯一的不同。他在床头柜上发现妻子留下的几个字："我走了，勿念。"那天陈青同样很晚才回家，脸上横着一个青蓝色的口罩。

"你妈说她走了。"

"哦，这次打算回去几天？"

"很可能再也不回来了。"

"哦。"

"你想吃什么？"

"随便。"

挂钟嘀嗒嘀嗒嘀嗒，安静的时候出来当主角。

永远都不同了。

"你他妈是不是我女儿，说！"陈国金猛然把陈青的口罩扯下来。陈青觉得两只耳朵很疼。

“你轻一点儿，我是一个易碎品。”

陈青当时在想，如果陈国金去做一个面部提拉，就不会像现在这样丑陋。

陈青不是没料到会有这一天，她只是没料到失败会来得那么彻底，彻底得跟陈国金一模一样。

她做了几回鼻梁和眼皮修复，收效甚微，眼皮还是会经常流出深黄的脓液。还有牙龈，两边拔了牙以后，牙龈就经常肿痛、渗血，医生说坏死了。陈青怕听到“死”字。但最让陈青焦虑的是下巴，整体向左位移，像航天助推器与火箭分离。陈青看着自己的脸一天天歪斜，就像航天器里的宇航员眼睁睁看着航天器一点点偏离预定轨道一样，无能为力。那医生说，下巴的软体已经取不出来，十六岁到现在，待了足足十一年，早就长满了肉芽。巴勒斯坦听说过吧，你说它是希伯来人的还是阿拉伯人的？你的下巴如今成了巴勒斯坦，要和平不要战争。我不敢给你动手术，否则极易伤及神经，导致大出血，到时怕是性命难保。

要和平不要战争，但陈青觉得，自己早已成了战场。

陈青把家里所有的镜子通通扔掉，包括能映出人像的金鱼缸，连带殃及了六条陈国金养了五年的红狮头。陈国金就是那时起变得胡子拉碴的。当时陈国金正在客厅练习变脸的招式，陈青把金鱼缸踉踉跄跄地搬走，他摇头叹息：“可惜了，可惜了。”

“可惜你个鬼！”

美容院能跑的都跑了，大型的整容医院跑不掉，硬着头皮跟陈青对簿公堂。陈国金忙中抽出一句：“你去整容怎么跟打游击一样，东一榔头西一棒槌。”陈青笑了起来，她知道自己笑起来一定很难看，太苦。

官司自然打赢了，院方赔偿了一笔不菲的钱款，整二十六万。陈青最失落的时刻，就是官司打赢的那一刻。她真的再也变不回原来的自己，二十六万是最终的交代。

陈青发现现在陈国金对于钱的态度，也异常冷淡起来。这笔钱谁也没动，躺在陈青的账户里长着微薄的利息，就像活死人墓里的小龙女，谁也不知道，它会不会有朝一日跑出去，再闹出不大不小的动静。父女俩把自己的日子过得很清苦，跟他们的心境一样。

下午，陈青会睡一个午觉。她把那本小说又搬回房间，还是没有下决心去看它。她打开电脑，进入新建的微博账号。关注了二十几个有点儿意思的博主，只有几个僵尸粉。她刷了刷最近的热搜，然后眼皮就变得沉重。她的眼皮还是会不时流出褐黄色的黏液。于是她展平身子，安稳地睡起了午觉。陈青的午觉没谱，有时候很漫长，有时候很短促，转几个身，便挺起身来画脸谱去。很多不同形态的猫头鹰和猫，它们都喜欢熬夜，都看似无动于衷，这跟陈青很投契。

陈国金九点才能到家，然后开火烧饭做菜，通常少不了豌豆炒腊肉，他喜欢吃豌豆，腊肉不容易坏。吃完晚饭，陈青喜欢看电影。她有一个硬盘，存储的大都是经典的推理惊悚片和欧美文艺片，安哲罗普洛斯的长镜头和大卫·芬奇饱满的神奇剧情都能让她如痴如醉。重温电影，让陈青理解了过往和重复的魅力。她通常在晚上碰电脑，若是白天则将窗帘拉上，眼睛盯着键盘，开机，这样她就不会看见屏幕里自己的面容。

陈国金守着电视机，陈青守着笔记本电脑。暗室内，她的两团颧骨被映得流光溢彩。床上摆满零食，她已经不介意身材走样。但身材并没有走样，医生说过，她是易瘦体质，吃不胖。可惜了。

其实陈青不是没出去过。在陈国金睡得鼾声如雷的暴雨天，她会悄悄掩上门，不打伞地走出去，重新投入到外部的世界。雨夜不像想象中那么寒冷，她感觉有点儿闷热，雨远没有把这个世界给浇透。雨滴敲打着这副从陈国金那里继承的娇小身躯，有点儿痒，陈青不确定这是不是幸福的感觉。她走到以前经常候车的公交站台，往返学校的十六路公交有三站更换了站名，准确说是微调了一下路线。紫色的闪电划过天际，美得动人心魄。街道上一个人也没有，打烊的店铺显得丑陋而温驯。机动车和电动车零零碎碎地响着安全警报，它们不知何为雨，也不知何为安全和危险，只懂得虚张声势地鸣叫。街头巷尾，随处可见的监控摄像头，在雨幕中放射出藕孔状的小红点，有点儿像陈国金脸上的红疮。陈青仰起下巴对着那一颗颗的光源，心里说：好好看吧，吓不死你丫的。当年的那位驻唱男，差不多也是这么被吓跑的，跟陈青的一个闺密跑了。陈青不怨他，反正也没有多爱，都是一时贪欢。回到家，冲一个凉水澡，淋浴声模仿着窗外的雨声，只是此刻的水线变得温和可控。陈国金睡得还是那么死，呼噜像钻头一样，在陈青的耳蜗里开凿。

时间就是这样一下子富裕起来，充足得让陈青怪不好意思。每天她都有大把时间放空自己，在两室一厅七十平方米的家里漫无目的地走动。

固定电话是陈青走到厨房的时候响起的。

父亲有一个老人机，火锅店的人找他，通常不会往家里打。除了父亲、送餐员和诈骗团伙，往家里打电话的就只剩打错的。家里的电话有两部，旧的在大厅，新的在陈青的卧室。每次电话铃响，陈青就莫名心惊。铃声是一个鲁莽而霸道的闯入者。这次尤其严重。她赶紧小跑过去，掐灭那一阵阵的尖响。

“喂？”她居然有点儿期待是那个声音。

“放你门外了，请记得交款。”

声音挺像陈国金的，但又不全像，像在哪儿，不像在哪儿，陈青一时难以把握。她自顾不暇。她当时心里咯噔一下，陷入雾障一样的空白。她的身体像一条泄气的飘动条幅，带着美好的祝福直往下坠，软软的，虚虚的，承受不住的样子。

她在门缝张望了很长时间，确定没有人躲在门边或是楼道，然后才打开门。一个不大不小的褐色纸箱。

她赶紧搬进屋里，用剪刀破开透明胶，里面是一个银灰色的金属盒。陈青的手抖得非常厉害，将金属盒盖掀起，盒盖非常结实，能把陈青颤动的手逼停。里面仰放着一张冒出寒气的脸皮，趋近人脸。旁边的字条上有两行字，一行写着一个地址，不是银行汇款，是某个地下通道里的防空洞，“用黑色塑料袋包裹”；另一行是：“轻取，贴向脸颊，摊匀，轻按，可从颌底摘除。”没有破绽的四号加粗宋体字。陈青小心拎出，贴在脸蛋上，一点点熨平，像面膜，凉丝丝的。没有镜子，陈青只能借由电脑屏幕打量。只看得大概，但无疑，这是一张精致的脸，一张以假乱真的脸，一张不是自己却属于自己的脸。

这是梦吗？陈青没有掐自己。如果是，那就让它一直做下去吧。

首先，这不可能是恶作剧。她现在不再怀疑是父亲了，没有任何理由，陈国金不过是个高中肄业的老混混。这张脸皮最有可能出自某位技术超绝的整容医生，技术超绝而且胆大妄为。她无疑是被当作新产品的试验品。没有人比陈青更适合成为这样的试验品。

这张脸轮廓呈倒梯形，下巴弧度舒缓，不尖不平，鼻根挺立，鼻头小巧，平视不见鼻孔，眼睛是双眼皮，线条向外渐扩，黑睫毛下自然地躺着两片卧蚕。笑一笑，果然浮出两个陈青心心念念的酒窝。嘴巴的唇肉很充实，陈青忽然想到，如果接吻的话，这是两片再完美不过的嘴唇。她有很多年没接过吻了，她有很多年没开张了，她的身体像一间尘封多年的杂货店。

陈青又从收纳箱里取出闲置多年的衣服，泛起颇为浓重的霉味儿。无所谓了。她挑了一件浅灰运动服，她要马上出门。

二十六万装在挎包里，沉得像一块花岗岩，陈青得不时换肩，她觉得一点儿也不儒雅。似乎过往的路人都在盯着她，在马路对面，在商铺阳光照射不到的阴影里，还有高层建筑的窗户眼内，这让她更加慌张。她回想自己当初是如何走在人群中间的，那种让男生顾盼流连的步姿。公路上车流的喧哗让陈青心烦意乱，她必须重新适应这样的环境。她走进一家百货店，买了一个小圆镜片，一边走一边不时打开镜盖张望。太阳比想象中还要炫目，陈青很担心新的脸皮会因此变形，若是有任何瑕疵，她立马扭头走人，随时准备将连帽盖在头上。

汗液，红晕，微微放大的毛孔，都跟真的一模一样。谁会相信呢？陈青只能去信。

地下通道里除了大幅的涂鸦，没有人的迹象，到处是喜阴的荒草和遗弃的砖石。防空洞里没有灯，只有黑魃魃的阴冷。鸡皮疙瘩长了出来，陈青还以为她再也不会为什么东西感到害怕了。她慢慢向前探步，与一团又一团凛冽的黑色相撞。站到洞口，她赶紧从挎包里拿出用黑色塑料袋装好的钱，往洞中柔柔一抛。哐啷，钱的回声响亮而激昂。然后，快速跑走，她多年不穿的耐克运动鞋这时还是很好用。

陈国金晚上做好饭菜，用眼睛观照陈青，说："今天怎么这么开心？"

"有吗？就算有，也没什么不对吧？"

"今天发生什么事了吗？"

陈青狐疑地打量父亲褐红色的皱脸，不知道他到底知道些什么，想知道些什么。

"今天的阳光很刺眼呢。"

陈青还是每天目送陈国金出门，然后在窗边偷偷注视他直到彻底消失。他如今每次登上自行车，总会徒劳地朝自家窗台回一次头。等陈国金走后，陈青就戴上自己的面具，做另一个自己，全新的自己。她把这张脸皮称作"面具"。

陈青重新买了一台最新款的苹果手机。她给阳台那盆仙人掌拍了一张照片，然后去花鸟市场，把照片放给一个花店老板看。

"这种仙人掌叫什么名字？"

“这不是仙人掌，这是虎刺梅，又叫麒麟花，蔓生灌木。你看……”老板从里屋搬出一盆，跟陈青家里的那盆很像。

“早些年还行，现在这玩意儿不好卖了，浑身都是长长的硬刺，不够可爱。现在仙人掌都要多肉的，讨喜。”老板在陈青的脸上张望，接着问，“美女，要吗？便宜卖给你。”

晚上十点半，等陈国金掩门睡下，陈青戴上锁在衣柜里的面具，套了一件黑色镂花的连衣短裙，连衣裙的领口能让陈青的乳沟很清晰地露出来。都露出来吧，快要憋坏了。她手里抓着一双黑色高跟鞋，悄悄蹑出大门，在门外将鞋穿上。

“杯莫庭”依旧热闹，比以前还火爆。这家酒吧是城里的老酒吧，陈青曾经是这里的老面孔。她在进去之前买了一包万宝路，点上，喷出一口气，然后才咯噔咯噔地往里走。

陈青要了一杯玛格丽特，坐在最靠近演出台的位置。她以前经常坐在这个位子，男歌手脸上的汗液，女歌手脸上的假睫毛，男人的坏，女人的骚，陈青在这里都能看得一清二楚。

落座前，陈青去了一趟卫生间，酒吧里的卫生间跟家里的一样，边沿结了一层尿液遗留的黄垢，但这里分明是女厕。陈青又退回几步看一眼门口的标志——一只粉色高跟鞋。她在化妆镜前确认了一下自己的脸蛋，还是那么陌生却让人满意。这是一张介于青涩和成熟的可人脸，模棱两可，也即皆可，就看陈青想往哪边歪。

在掐灭第三根烟蒂的时候，陈青看到了自己的前男友范姜。他留着更加蓬松的脏辫，鬓角的毛发还是很浓密。人相比之前清瘦了一点儿，穿着一身暗色的亚麻衫，脖上挂着一串天意菩提子。乍看像个化缘的道人，但骨子里是个骗色的高手，这在陈青这里是定了性的。范姜和他的贝斯手正坐在一圈儿粉色裙装的女人中间，他的动作还是那么丰富、夸张，充满对自己欲望的暗示和遮掩。终于，他还是把手伸进身旁女人的胸口，只是轻轻地捏了一下，然后抽回，四顾张望，不知是怕别人发现他的猥琐，还是生怕别人看不出他的老辣。陈青是在这个时候跟范姜对上眼的。

轮到范姜登台，他说要献唱一首歌给一位不期而至的花样女子，歌的名字叫《花房姑娘》。他的眼睛全程在向陈青放电。陈青不时与这对单眼皮的小眼睛对接，感到恶心。演唱完毕，范姜端着酒杯来到陈青的身边坐下。

“我可以坐你这里吗？”

“坐都坐了，还问什么？”

“是你让我变得无所畏惧。你的声音真甜，有种很熟悉的感觉，没准儿我们是小学同学。”

陈青哈哈大笑起来。

范姜也附和着笑了笑，他举起自己的酒杯说：“小学同学，碰一个？”

陈青到底跟他贴了一下杯壁。

“碰了杯，我们的关系就更近了。”范姜顺带把屁股往陈青的身侧挪过一截。

“我们的关系不是近了，是远了。”

“此话怎讲？”

“你明明不喜欢崔健，为什么还要把嗓子弄成这样？”

“我喜欢啊。”

陈青看到他皱了皱眉。

“你酒精过敏，所以喝的根本不是伏特加，不过是一杯矿泉水。我说的没错吧？”

范姜很尴尬地笑起来，虎牙很尖，看得陈青的皮肤一揪一揪地疼。他说：“说这些就没劲了不是。”

“我还知道，你对女人的屁股特有研究，你最喜欢女人屁股的弧线。你说，这是变态还是情趣？”

“你是谁？”

“我是谁？我‘花房姑娘’呀！”

范姜的脸瞬间白下来，太阳穴上的汗冒得放肆。他缓缓起身，径直走开。他当时走了几步又停下来，转过头看着陈青。

“你不可能是她。”

最近，陈青结交了一个新男友。在“星巴克”认识的，她觉得是“星巴克”这三个字，让她庸俗地放松了警惕。她当时正坐在位子上翻看那本一直没来得及看完的小说。落地窗外的阳光很暖、很浅，刚刚好。就是这时候，一个周身散发运动型香水味儿的男人走近了她。没有其他座位了，他问能否坐到陈青的对面。陈青微笑着点了点头。过了一阵子，男人又问：“我能用你的充电线吗？忘带了。”陈青把目光从男人裤兜露出的白色线头抽回来，知道自己又得把这本小说搁置一段时间了。

有了这张脸，陈青随时都能让自己的情感和身体重新开张。这位在星巴克认识的男友，有形有款，他把自己的圈胡修剪出了园艺的感觉，梳着一个溜光水滑的大背头。陈青后来才了解，他应该算得上年轻有为的富二代，不靠山吃空饷，自己开了一家电竞公司。人还年轻，比陈青小三岁。都说女大三，抱金砖，原来金砖也可以反着抱。就是有个问题，这家伙开诚布公，自己是不婚主义者，陈青很明白他想要什么，他想给她什么。陈青不介意。最要命的是，陈青根本抵挡不住这小子的穷追猛打。她是很自然地就重新开张大吉了。

他是一个强悍的男人，不论是对待彼此的关系，对待感情的态度，还是对待陈青身体的方式跟进度。陈青觉得自己在这些年里已经囤积了足够丰沛的能量，却也勉强能够对付这头风华正茂的公牛。她喜欢自己的勉强。

陈青那回特意跟男友去父亲变脸的火锅店用餐。她就戴着这张面具，去看看同样戴着面具的陈国金，是默默地对峙。

如果这张面具真是陈国金弄来的，她一定能从他的举动中察觉到一丝端倪。

九宫格吃到一半，陈国金亮相了。火锅店里顾客不多，很多人看了两眼，接着夹菜、涮肉、胡侃。脸谱把陈国金捂得严严实实，陈青什么也看不出来，他的身手依然矫健，不像那个每次洗完澡都把厕所弄得满是“黄道益”活络油味儿的糟老头儿。陈青很担心他会演砸，把自己的脸给败露出来。她原来也害怕看见父亲真实的脸。陈国金说过，干这一行，要是因为失误把自己的脸直接扯出来，那就再也没脸见人了。陈青的掌心握着满满的汗，像刚洗过手。

陈青看得很仔细，大部分菜都给男友吃了，他连盛放肉类的生菜叶都下到了红油锅底里。每一张都不是陈青画的脸谱。他是陈国金吗？她画的脸谱都到哪去了？曹端公。最后一张定格的脸谱，正是曹端公，乌黑的眼角，红艳的脸面，跟梦里的八九不离十。猫头鹰飞了，猫走失了，陈国金也不见了。舞台上的这人，正定定地看着陈青，眼神不温不火，脸色不凶也不亲，他肯定不是陈国金。有观众在喝彩，他向陈青的方向比了一个 OK 的手势，这是在向她投递某种信号。已收到。

晚上回到家，陈青早早候在饭桌上，脸色跟没开灯的大厅一样晦暗。陈国金开门，站在门口愣了几秒，看了看饭桌边的陈青。平常这时候，陈青应该在卧室里看书或是刷剧。

陈国金拿着刚买来的折上折促销菜进了厨房。他把大厅里的电灯亮开，黄色的灯光洒了一屋。

“你以后上厕所，能不能瞄准了再放水，或者完事后用水把旁边的尿液冲走？”陈青的语气是不耐烦的语气。

“腊肉炒香芹，紫菜蛋花汤，菜是上海青。一日不吃青，肚里不分明。”

陈国金努力吐出字正腔圆的普通话，他答非所问，好像听不懂陈青的方言。他们似乎都在刻意扮演跟往常不太一样的自己。

是该跟陈国金摊牌了。陈青想要当着他的面，把脸皮摘下来，在他面前表演自己的变脸，这才是真正的变脸。然后，她要质问他，你到底去了哪里，火锅店那个人，肯定不是你陈国金。但陈国金跟那个人之间，一定存在某种陈青不得而知的关系，就像六合彩里藏着很多陈国金不为人知的秘密一样。陈青想：今天必须弄个水落石出，她随时会愤而起身，把衣柜里的锁头打开，把话说得很直白，像白开水一样明了，像父女和敌人本该有的那样较真。

陈国金把三样菜逐个端到桌面，又把一碗米饭放到陈青的面前。

“怪了，今天火锅店人多，很多都是新面孔，所以我演得挺起劲，很久没有这种感觉了。”陈国金习惯性地咬着筷头，他比先前口头勤快。

陈国金稀疏的头发和暗红的皮肤，在灯光下显得很枯萎，陈青想到那盆不再流行的虎刺梅。她一时说不出话。当年为了筹钱替她打官司，陈国金硬着头皮，跑去跟那些多次上门威逼的债主借钱。陈青不知道不善言辞的父亲说了什么，让他不仅保住了屡遭威胁的脚筋，而且把钱稳稳地拿了回来。他真是有滔天的能耐。

两人到底静静地吃完了饭。陈青碗里不剩一粒米，这是陈国金在她很小的时候就要求的，她被他骂哭，哭着哭着就不哭了，碗里再没有过残余的米粒。粒粒皆辛苦。陈国金把碗碟放回厨房水槽，陈青走进自己的卧室。什么也没有发生。

那天晚上陈青睡得很沉很香，她又梦到了曹端公。这回曹端公是蹲在地上，所谓亚洲蹲。他长袍拖地，说："今天的太阳暖得很，就是刺眼，像爸爸的爱。"陈青只记得这句话。早上起来，陈青发现陈国金已经出门了，他的木屐那么扰民，她居然没被吵醒。她很少会睡得那么死。

垃圾桶里，一只被踩扁的蟑螂躺在很显眼的位置。

陈青刷完牙去上厕所，发现便池边沿被擦洗得很干净，像这崭新的一天。她突然感到一阵迟来的愧疚，有些惴惴不安。她想好好看看书，不安感总害她的思路跳到书本之外。自从谈起恋爱，那本小说再也没有被翻动过。今天上午，在赴约跟男友吃饭前，陈青本想好好把它看一看，这真的是一部不算坏的外国小说。

电话是临到中午的时候打来的，一个稍显年长的女人的声音，显得很急切。她说：“你是陈国金家属吗？赶紧到人民医院一趟。”

“我快退休的人了，这么惨的车祸，五根手指数得过来。”女人说这句话的时候，似乎有一点儿显摆。陈青狠狠地把听筒摔进电话机的槽位。

陈国金的眼睛一直不大好，是吹脸吹坏的，以前陈青总让他出门注意安全。川剧变脸分扯脸、吹脸、抹脸，陈国金都能来。那回吹脸，不小心把墨粉吹进了左眼，陈国金硬生生把节目演完，下台后用龙头水冲了冲，口上说无碍。从那以后，陈国金就一直用扯脸的方式演出。他左眼的视力变得很差，具体有多差，陈青不知道。她早早便自顾不暇。

陈青急忙打开衣柜，却发现装着脸皮的金属盒不见了。一夜的工夫，它说不见就不见。陈青找遍了自己的房间，还有陈国金的房间。在他房间的一个抽屉里，装满了陈青小时候跟他，还有一家三口的合影。那时候他们的笑容，可真是灿烂，一个赛一个的无畏。在这堆照片底下，陈青发现一张对折得很工整的笺纸，墨迹隐隐透过纸背。她把纸张脆亮地展开，纸面白得有些晃眼。陈国金用的是钢笔，墨水太足，或者是纸质太糙，黑色的墨汁沿着偏旁部首悄悄向外浸染。顶行居中写着两个清瘦的繁体字：遺囑。底下的具体内容字形略小："卡里共计二十六万元，悉归吾女陈青，密码系其农历生日后六位。"每一个字都很用力。又是二十六万，让人厌的二十六万。火红的指印盖在右下方"陈国金"三个字上，不规则的流纹，像个没有五官的脸谱。

"一螺穷，二螺富，三螺四螺穿破裤，五螺六螺当干部，七螺八螺有官做，十螺全，中状元，十螺筲，卖醪糟。"这是当年陈国金教给陈青的顺口溜。他自己是卖醪糟的命，但他非是不信命。

二十六万的面具，和父亲一起，不见了。

陈青在一片慌乱中迈出大门，她没有面具也没有任何伪装。在砰地把门关上后，她才意识到自己把钥匙忘在了房间里。她还回得去吗？

今天的太阳暖得很，就是刺眼，像爸爸的爱。

男友的电话打了过来，在那头厉声质问："你人呢？我等你快半小时了，其他哥们儿都到了，我在……"

陈青把手机挂断，心里暗骂了一句，然后疾步走在小院的石板路上，因为过于仓促，她忘了换掉睡衣和拖鞋。她在这条充满记忆的石板路上忽然想到了母亲。她不能每天都给陈国金带来一串幸运的数字，也不想像拆开一件并不属于她的礼物或是真正的危险品一样，看着陈青把脸上的绷带一点点撕掉，然后变成一个面目全非的人，一个对父母的印记很不满意的女儿。所以，她不想再被折磨。母亲在走出小院的时候，一定也是这样的情形。过于匆忙，过于狼狈，但毫无畏惧。

一个骑在滑板车上的小男孩儿，目送陈青从身旁掠过。他用脚刹住车身，一个很漂亮的漂移，冲着陈青笑嘻嘻地喊了一句：

“丑八怪！”

清肝明目

谷子的身子，近些年闹出不小的动静。前年割了扁桃体，去年裁了阑尾和包皮。磕过观音喝过符水，不顶屁事。今年他索性化被动为主动，抢先撇掉自己左耳上那多出的一粒耳屏。

谷子的身子，也不是净输出。今年鬼打墙，想到去体检了，结果验出肠胃里头多住着一种叫幽门螺旋杆菌的小玩意儿，再晚来些时候，恐怕就落得个胃癌。医生说："这么久了，你的肠胃不会痛吗？"

谷子笑得腼腆，亮出缺口的门牙，说："以为不碍事，喝小米粥就盖住了。"

原来谷子不怕疼。

不怕疼恐怕算不上什么能耐，因为没法当饭吃。没想邻居家的狗崽子跑到谷子跟前说："咋就不能了？"谷子不信邪，跟着去了一家拳击俱乐部。当时说好是做陪练，旨在让客户红红脸、出出汗、排排毒。培训不出一礼拜，谷子就敞开胳膊腿接客了。站在拳台中央，射灯照得人浑身发烫，感觉跟浴霸差不多。有规定，不能跑，一米内只许侧身躲闪。同行说："见过陪练这样的？供人宣泄的人肉沙包罢了。"

人肉沙包就人肉沙包吧，君子成人之美。近几年，新闻里都能见到，大家的物质水平起来了，精神开始状况百出，不是互相给罪受就是自作自受。母亲老说："人活这一世，全是拿来折腾的，有些人折腾得起，就活得长一点儿，折腾不起，就活得短一点儿。"谷子现在觉得这话很妙，像警句。

谷子接待的客户，都说自己压力好大，谷子不是很清楚究竟什么叫压力。客户左手一记勾拳，右手一记直拳，实打实镶在谷子的腮帮子上，说："这就是他娘的压力，你现在感受到了吗？"谷子摇摇头，腮帮子有一点点红。客户猛然又给了他一拳，正中下颌。谷子天生有点儿龅牙，因此这个部位的受力会比一般人来得重一些。那天谷子忘戴牙套，一颗门牙就这样被打跑了。

谷子后来一直没说话，他没有不高兴，也不是因为缺了门牙不够雅观，他打小就跟"雅"字不挨着。只是他还是不明白到底什么算压力，因为他一点儿也不觉得疼，这里面的换算他搞不好。缺了牙齿，至多头两天吃饭的时候有些生疏，跟儿时换牙差不多。客户是一个搞直销的产品经理，赔了他一笔远大于实际开销的金额。谷子嘴上说："没事，别客气，别搞生分了。"收下的时候到底还是打心底里欢喜。他觉得如有必要，自己的两排牙齿都是可以被打飞的。只是，他还是不大清楚压力究竟是什么。

对这份职业谷子还是比较称心的，说行善积德也不过分。谷子认为如果老天开眼，就不会再亏待自己，至少不会再心血来潮把他身上的零部件薅走个三三两两，牙齿除外。

谷子不怕疼，但怕累。怕归怕，谷子当年其实做过很多活计。在步行街兜售杂牌 T 恤，他觉得耗嗓子，而且得站到高凳上，有点儿高处不胜寒。搞装修做电工，他嫌酸手，对肺也不好。在鞋厂流水线制鞋模，他嫌累腰，伤脊椎和肩颈。也试过去电信做客服，不仅费嗓子，两只耳朵也被搞得乌烟瘴气。地铁里做安保，脚板子受不住，那次末班车想说有空座歇一程，不想被好事者偷拍照片传到网上，网友群起攻之，当月的工资便给扣掉了。谷子还去过影院兼职，只需在放映前站门口撕票，发发 3D 眼镜，四体是不用操劳，但累的是心，虚累。

在拳击俱乐部里挨揍，不疼可是会倦，肉给打散了就得晾一晾。晾肉，跟晾衣服同理，是让散掉的元气重新聚拢来。俱乐部是夜班，一个个大好的白天就这么生生被干晾掉了，什么女朋友男朋友的，成了远天上参北斗的星，比那"雅"

字还要遥远和陌生。谷子奔四的人了，还没正经八百摸过姑娘，哪怕就摸摸呢。仔细想想，他觉得就是让一个累字给糟蹋的。所以不满两个季度，谷子就高高挂起了免战牌。他想找一份能让自己时刻充满能量的工作。

母亲说他是鸡屎头上热。谷子对鸡屎及其热度分布没有研究，却依然觉得不无道理。母亲的道理，一火车皮都拉不完，因为她苦哇，而且是一路这么苦过来。没苦过的人，苦过了的人，说什么都像假话，前者是傻子，后者是骗子。

那天，另一邻居家的狗崽子当面问谷子："你自己到底爱干什么吧？"谷子登时有种顿悟的感觉，他从没想过这个问题。爱，多放光的一个好字，连带着让这个问题也成了一个非常好的问题。他暗自寻思半天，先不谈职业，就说自己最情愿做成的事，是近视。

近视就能顺理成章地戴眼镜，他喜欢别人戴眼镜的感觉，有书卷气，深邃。眼镜是对模模糊糊的世界的修复，这就有了救赎的意味，很神圣。光是戴个框，东施效颦，不得要领的。他最喜欢看人扶一扶略微下滑的眼镜，什么魅力都出来了。

为此，当年谷子躲被窝里，就着虎头牌手电筒的黄光看一宿全庸、金康、古龙巨的武侠，到游戏厅打一个白天的"拳皇"，弄得两眼发涨直冒泪，他感觉近视指日可待。学校每学年的例行体检，他总喜滋滋抢先跑去测视力，结果视力表最末行字母 E 的开口方向，他还是该死地看得一清二楚。谷子试过戴上别人的眼镜过把瘾，没想天旋地转，自然无从解得其中的风情。耳聪目明的谷子，这下彻底死心了。

想近视而不得，这是中学以来一直埋在谷子心底的遗憾。一位顶要好的同学，扶一扶略微下滑的眼镜，对谷子说："神经病才想当'四眼仔'。"谷子说："白天不懂夜的黑。"

头几年攒了些钱，可以拿来作为作为。还是从成人之美的角度考虑，谷子于是想到干脆开一家眼镜店，还能解放手脚，感受一番做老板的滋味儿。眼下大家的学历都亮眼起来，眼镜作为谷子的奢侈品，成了众人的必需品。因此开店一事算不得冲动，谷子要证明自己跟鸡屎的关系比星辰还要遥远。

"干一行爱一行"，那叫不得不爱。"爱一行做一行"，简直幸福来敲门。自打眼镜店剪彩开张，谷子就觉得自己颇为舒畅，鞍前马后的，竟也不那么累人了。他很喜欢倒腾那架验光仪，用酒精擦拭消毒托垫，点开投影视力表，调节瞳距，调试镜片、附属镜片、辅助镜片，齿槽的扭动声令谷子的心麻酥酥的，这是一种很微妙的感觉，也很有成就感。谷子对待工作非常上心，说话温声细气，顾客就觉得自己心灵的窗户没被辜负，坐在昏暗的验光室里，会滋生出一种幸福的慵倦感，甚至想赖着不走。最后谷子报什么价，只能优惠多少，很少有人会跟他再多掰扯。整体来说，眼镜店的生意马马虎虎得扎扎实实，况且谷子是在度人度己。人生到这地步，安敢他想?

平时乐得清闲，谷子干脆自己坐到冷冰冰的验光仪前，一睹验光仪内的千种风情。只有配过眼镜的人，才晓得里头有那么一张图像。

图像中心是一独栋小洋房，大红的屋顶，四周围是一望无际的规整的绿色作物。天蓝得失真，屋顶也红得失真，作物绿得失真。合在一起，却有一种别致的真。谷子像欣赏名山大川一样，享受着眼前的景象，他独享这一切，没有约束和催促，这让他感到久违的亢奋和满足。这个本是戴眼镜的人的秘密，如今也成了谷子的秘密。秘密是拿来窃喜的，所以谷子乐此不疲。谷子开心的时候，就喜欢摸摸那被铲掉的耳屏。耳屏没了，动作还在。估计当时斑鱼吃猛了，伤口愈合得急，给拧出一枚图钉大小的疤，所幸较浅，碍不了事。还没有人愿意主动观察他身体的各处细节。

每当心潮低落，谷子就会躲到验光室，将下巴搁到托垫，额头抵住额托，享受图像里纯粹、热烈、简洁的美好。对于谷子而言，美好就是跑不掉，就是赖着不走，就是招之即来，挥之还不散。

谷子现在有大把的时间发呆，发呆时他就专程用来冥想，慢慢地、漫漫地想。或许，图像里那片植物并非作物，而是草，天鹅绒草或狗尾巴草。在画面之外的不远处，没准儿出没着羊、马、牛、牧羊犬，或许还有狼和狐。至于那幢洋房的背面，可能铺了一条柏油路，它将茫茫的绿海一分为二。有了路，就意味着这里与外面的世界是连在一起的，与谷子的眼镜店连在一起。有了外面的世界，就意味着会出现朋友、亲人，也会出现敌人、恶人。有了路，就拥有了对人来人往的想象。

谷子还想，也许哪天，还会有人前来登门造访。没准儿是警察，举着一张人物素描。这一带太过干净、荒僻，确实极易沦为逃犯隐匿的天堂。又或者，是私下到此练习驾照科三项目的两口子。媳妇笨手笨脚，把油门当刹车踩，所以总遭老公骂，骂得难听又欢脱。媳妇受气，又不敢跑远，索性跑到房子门前，假装向主人讨一口水，再拉拉家常，只要能暂时摆脱自家鲁莽的男人，什么都好说。想到这里，谷子的嘴角跟着咧了起来。

每逢节假日，在那片苍茫的草地上，兴许会出现前来野餐的人。又或者，是前来野合的人。能做出这种勾当来的家伙，肯定就管不到是假日还是工作日、白天还是深夜了。这么想，画面就变得不够文雅，但多了些生活的声色。人嘛，难免一俗。思及此，谷子的嘴角咧得更加扭曲，到最后，只剩了扭曲和一声叹息。轻轻地、悄悄地，笑没了。

也不知从哪个太阳升起的日子算起，谷子在眼镜店里坐上一天，发觉屁股蛋子涩得慌，回到家就翻面躺床上，散那两瓣屁股的涩。老母催他吃饭，说别跟个大烟鬼子似的。谷子这才撅着大腚，愣愣怔怔地搬出窝。

饭吃它三碗，无肉不欢，把不离不弃的肉身伺候得舒舒坦坦。为什么会出现这种状况？谷子不得其解，他分明已经不累了的。饭桌上，母亲嘬着暗紫的牙花子，适时插上那么一句："你呀，缺个女人。"谷子顿时就有种吃撑了的感觉。

生理构造摆在这儿，说不想女人，纯粹是自欺欺人。谷子不要欺骗，他就想要女人。很想很想，越来越想。

谷子后头是从微信里摇出了一个女子，女人姓邹，邹市明的"邹"。谷子对外人说，都叫她"小邹"吧。小邹家在贵州遵义的乡下，跟邹拳王的老家挨得很近，这是小邹亲口告诉谷子的。谷子不由想起自己的拳击生涯，有点儿不堪回首。

小邹是到幻城来打工的，说是在某酒店做前台。到了这把岁数，谷子有点儿死猪不怕开水烫，口条反倒比以前来得要好，跟女人手臂碰着手臂，脸也不热了。见过三回，小邹就到店里来帮衬谷子了。谷子觉得她是做老板娘的料。

两人互相属意以后，谷子便喜欢饭后牵着人家的手一起遛弯儿。熟人见过的，都说小邹长得水灵，说谷子是后发制人，福到喽。只有母亲觉得这女人的眉眼太飞、颧骨太高、下巴太尖，总之是薄相。还有那胯骨，母亲不含糊的，私下对谷子啧啧，以后十之八九难产。母亲的话，很多都跟不上时代，就像她搞不懂怎么可以从手机里蹦出一个平翘舌不分的女孩儿。所以她总提醒谷子："这一趟，感受感受就成，懂得女人是怎么回事，当不得真的。"谷子对母亲的话倒是不太当真，只管嘿嘿嘿地笑。

其实谷子对女人的长相，也看不出多少好歹。他最开始中意的是小邹的指甲。别看谷子自身品相毛里毛糙，其实他是一个很注重细节的人。小邹的指甲很乖，没留长，没涂指甲油，也没尖起倒刺，半月痕非常醒目，整整齐齐地咧开，健康又端庄。谷子据此断定，小邹不可能是一个出格的女人。谷子对此很有把握。

小邹到谷子家里做过三回客，母亲抑住不满，盛情款待，这让谷子非常感动。

那天小邹的眼珠子朝家里四处钻探，问谷子："令尊呢？"谷子挠挠头，还是说开。他抿着唇说："很早就过不到一起了。"

谷子父亲在谷子上小学的时候就离开了。父亲以前在地震局做事。幻城跟地震带不挨边，城里最年长的老人，也没碰上过有感地震，只晓得远时有个唐山地震，近时有个汶川地震，都从新闻里来。在局里，除了学习红头文件，就是翻看报纸，或者各办公室互相走动，插科打诨。父亲这人受不起这等悠闲，心思活，胆子也横，私下里搞起了个体集资。网面一铺开，给他赚了几套房产几部好车。自然他也不缺女人。

父亲当年跟母亲闹离婚，两人拿着菜刀在大厅里比画，谷子还有很深的印象，像武侠，只是没有那么多章法。母亲是打死也不想离的，结果法律还是判定离婚。

母亲的脸像死一样寂静，说："钱，万恶的钱，有钱能使磨推鬼。"父亲念着谷子的情分，没要回这套老房，每月再给谷子两千块的抚养费，所以谷子的童年并没有吃过物质上的苦。

每到假期，父亲会挤出一两天时间，陪谷子去滑旱冰。父亲不滑，也不看，在边上抖腿，一手插着裤袋，一手举着一只大哥大，跟人叽里呱啦扯淡。这样谷子反倒学得快，能出一身汗，比母亲在旁猛下指导棋要容易上手得多。母亲当年说过很多父亲的坏话，有些谷子能听懂，有些谷子不得要领，但他对父亲，实在一点儿都讨厌不起来。父亲会给谷子买《七龙珠》的影碟和擎天柱半身高的模型，出手痛快。母亲就不行了。

每次把谷子还回去的时候，父亲的轿车都停在距离约定地点五十米开外的地方，然后让谷子自己走过去。谷子于是一点一点地挪过去，最后爬上母亲自行车的后座。坐了两天的软垫子，后座上谷子的屁股硌得难受，得将就三两天才能适应回去。

回家的路上母亲总问他一句话："心给你弄野了没？野了就跟你爸过去，省得我操心。"谷子不说话，盯紧手里的玩具。

父亲后来再婚，讨了一个比自己小很多很多岁的女人。父亲确实风光过。谷子没见过那女人，也没见过他们俩的风光。这些都是后来母亲告诉他的，那时候她已经非常淡然，是当讲古来说的。那女人给谷子父亲生了一对龙凤胎，可把他喜了一时，又把他愁了一世。"愁一世"是后话。

稍晚一点儿的后话就是，集资的顶头公司出了问题，有关部门盘来查去，老板和几个情妇跑到了太平洋深处的小岛上躲起来，过起富可敌国的小日子。

父亲这里，甭说利息，那些亲戚、同学、朋友筹来的本钱，还有亲戚、同学、朋友的亲戚、同学、朋友筹来的本钱，全都打了水漂。

谷子父亲的头发，差不多是一眨眼的工夫，全都白了个干脆。有倾家荡产的人，说要把他给剁掉喂猪。那以后，谷子娘儿俩的日子开始有些紧凑。父亲连音信都没有了。谷子家里也来过好几拨人马，母亲请他们冷静，把他们让进屋里，好好看看这个冷清的家。他们就叹气，不断地叹气，母亲也叹。谷子对此也有很深的印象。

车子、房子被银行查封、拍卖，莺莺燕燕们逃的逃、反目的反目。谷子那对龙凤胎弟妹，也跟着生母远走高飞。听闻现在已经改了别家的姓氏，骂起谷子父亲来，比当年巅峰期的谷子母亲还要凶悍。

去年年初，谷子突然接到一个电话，电话里的人说："我是你爹。"谷子差点儿骂娘。他们后来是在麦当劳里见的面。真是父亲。父亲老得毫无波澜，眉眉角角都透着呼应得上的熟悉和迟暮的亲切。这餐是父亲买的单。父亲那时拦住打算付账的谷子，说："还清了的，还清了才敢回来的，放心放心。"

父亲依然戴着一副仿制玳瑁框的眼镜，跟以前一样，长得斯文又野蛮。父亲说过，他是先天近视，遗传谷子他爷。谷子为什么就倒了个个儿呢？

父亲大声嚼着薯条说，现在的他，主要到法院门口站活儿，做法律咨询和诉讼代理。混了脸熟，没事就跟那些进出的法官打招呼，好让外人觉得自己在里头有人。里头有人，就不怕没客源，到底几斤几两，只有自己门儿清。派出所、看守所也跑，就跟闻着一丝腥味儿便扑过去的野狗似的。他说他还打算考一个律师资格证，这样就名正言顺了。考过一回，没中标，老了，本来就没天赋，现在记忆力更加不堪，没办法，还得复习，上笨功夫。

谷子想问他到底来不来钱，但想想，答案似乎又挺明显。父亲接着说，现在他手底下发展出两名员工，主要负责接案、修改合同，出面谈判还得靠他。

谷子说：“忽悠人，你向来这么厉害。”谷子自己都没料到会讲出这句话，他更没料到父亲竟然垂下头，捏捏圆鼓鼓的右耳珠，微微地笑了笑，似乎有点儿害羞，或是也有几分得意。

父亲大声啜着可乐说：“也不都是图钱和诓人。”他曾经挽救过一个被校园贷坑惨的大学生。那位大学生，打着自己和几个舍友的名号，欠了大几十万。哪里请得动正规的律师，找到谷子父亲，也是被逼无奈，是当救命的最后一根稻草。

案子最终打赢，谷子父亲只要了他一餐饭。父亲抖开餐巾纸，擦擦两侧的嘴角，胡楂里的碎屑会飞一样蹦出去，又说：“现在想想有些后悔，又觉得自己伟大。”那大学生后来说，如果败诉，他已经想妥了，不过是一了百了。谷子父亲就搬出自己来现身说法，让他珍惜眼下，以后可得脚踏实地了。

谷子觉得这件事，够父亲吹一辈子的牛皮。经济类、离婚案是他拿手的领域，自己有一手的经验，可以用来当广告，就像战士掀开汗衫，给人亮出肋骨上的弹痕。

那以后，谷子偶尔会跟父亲出来吃个简餐，但都得就着父亲的时间，他看起来很忙的样子，而且一点儿都不怕累。

小邹断断续续听了那么多，感叹了一句：“你爸不是出神入化，就是被你说得神乎其神，但我信的啊，就跟《知音》

里那些故事一样，只有想不到。”

谷子现在把小邹领进家里住下，睡在同一张床上。有当年的发小看见大清早笑脸盈盈的谷子，就问：“怎么样，有婆娘的日子滋润吧？”

谷子向来不见外，说：“早知如此，老子前十好几年就不扭捏成那副德行了。”说完，依然笑脸盈盈。

母亲那回冷不丁问一声：“人家不是雏儿的吧？”谷子也不生气，自个儿在有劲和没劲之间嚼舌根子。

有天母亲突然对谷子说：“我想搬开自己住。”她话是这么说的：“虽然我是有些看不上小邹，但想搬开不是这层关系，而是你们夜里的动静，实在太可怕了。也不怨你们，也不怕你们的可怕，可惜房子太窄，我就想图个耳根清净。”她已计划周全，说想搬到眼镜店里住下，还能看家护院。

谷子拗不过，红着脖子给母亲置了一张红木单人床，还跑到“宜家”采购了顶贵的床垫和丝被。枕头母亲还用自己缝制的那只薏米枕头，说是几十年，脑勺睡惯了，动不得。

那天中午小邹守店，谷子和母亲在家就着胡辣汤吃葱花饼当午饭。

谷子思前想后，说：“妈，对不起。”

母亲猛眨眼，说：“怎么讲。”

原来自从洞悉了情为何物，谷子就越发觉得当年的自己很对不住母亲。年少的谷子曾阻止过五六个叔叔住进自己的家，吃饭他掀桌板、吐脏话，更别提走进母亲的卧房半步。谁也不能替代父亲，更不能掳走自己的母亲。母亲后来死心了，这个家是再也容不下第二个男人。

谷子一掌抹开鼻头的雾汗，深擤一下两管鼻腔，说："当年怨我不懂事，想想真是作孽。""咋今天才跟我见外，早干吗去了？"母亲说完，自己先乐不可支。母亲如今豁达的程度，令谷子大开眼界，也暗暗地佩服。

横看竖看，没有理由不跟小邹去领那一本红证。母亲没反对，不管是老板娘还是处对象，小邹这一年的表现无可指摘。只是母亲自有她的盘算，跟谷子通过气，谷子没意见，婚姻大事，还得见过风雨的人去敲细节。

到底是母亲出面，去跟小邹商量婚前协议的事宜，她不住放话，咱母女闲聊罢了，话都随便说。母亲不断在敲打户口的事，意思是你怎么也该知足了。小邹脸色一直不大好看，时而叫"妈"，时而叫"伯母"，好在面上都维持住了。到了被窝里，小邹终于敢来脾气，她对谷子说："你不必这样拐弯抹角，既然不拿我当自家人，何必让我进你家门？做女仆吗？我光溜溜地躺在这里，是个什么局面？你别碰我，咱先把话讲利索。"另外，小邹还表示，明人不讲暗话的，房产也得署上她的名字，还是是不是自家人的问题，以及谷子是不是男人的问题。

谷子被弄厌了，说："干脆别结了，本来好好一个家，咋就变成拆东墙补西墙了呢？”小邹这才不敢造次，时而嘟嘟囔囔，时而嘻嘻哈哈。后头双方各让三尺，没签婚前协议，房产证也没署名。结婚是在无中生有，大家都护住了彼此的体面。

是到要去领证的时候，谷子才知道小邹先前离过一次婚。小邹就那个哭啊，说那是一段伤心的往事。她说了很多，谷子都记不太清，他不想记得这些，因为累。小邹当时躲在谷子怀里，哭得稀里哗啦，恨不能把脾肺都给咳出来。这都是货真价实的泪和痛，要满四十岁的谷子对此很有把握。对于有把握的事情，他就不会告诉母亲。

婚后，小邹和母亲不大对付，不怎么讲话，也不一张桌面吃饭。婆媳关系，大抵如此吧。眼镜店的收支眼下概由小邹负责，谷子就图个省心。

眼镜店一直没加盟别家品牌，自立门户，主要靠地缘跟交情，再争取回头客。

小邹走马上任后，眼镜店的生意未见得比从前好。有熟客跟谷子反映，说：“嫂子职业是职业的，就是太职业，不谈交情了，摆的都是生意经，还不如去其他枝大叶大的连锁店。”谷子说过小邹几回，小邹就冷脸回绝几回，大意是，不登场的替补别愣充好教练。谷子的嘴便不冒气了，本不就图个甩手的洒脱。

虽然小邹隔三岔五会跟谷子闹一闹，但谷子耐得住，耐住了，就能过，就可以盼到快乐的光景。比如谷子出去盯货的时候，视频里的小邹就很开心，说她把谷子睡觉时打的呼噜给录了下来，当折子戏听呢，没点儿动静现在她还睡不稳了。小邹跟谷子说过，她说你的呼噜声，就跟老绿皮火车过隧道似的，吭哧吭哧，晃晃悠悠。这是她的童年记忆。

小邹父亲算得上第一代民工，他总得坐上火车往外跑，不断地迁徙，小时候的小邹就跟着父亲往外跑，不断地迁徙。后来她长大了，没念书了，开始自己跑，像一列南来北往的火车，也像一只不断迁徙的鸟。谷子听到后，感到非常惭愧，也非常欣慰，就像对着一只自己心爱的笼中鸟。

他们去过一趟大理双廊，小邹和谷子都很享受这段旅程。在洱海边，谷子把小邹拍得很俏、很青春洋溢，像一个尚未谈婚论嫁的丫头。他们是去补蜜月，谷子寻思着给这段爱情酝酿一个结晶。他已经老大不小了，小邹也快老大不小了。

谷子是在到家后，才在垃圾桶里发现了那块只剩了药板的“毓婷”。他当时举着这个小药板到小邹跟前，说：“你这是干吗？让我们家断后吗？”他的声音很轻，却又很沉，像是浮在小腿肚以下。

谷子其实非常恼火，但却感觉粗不了气，只能这么清清冷冷着。小邹拒不承认是近期服用。谷子的气非但一点儿没消，而且愈演愈烈。那晚上，他把所有的怒气都撒在了那张汗津津的床上。谷子终于意识到，这的确非常之可怕。当时他突然察觉到自己右侧肋骨的下部开始疼痛。痛越来越猛。幽门螺旋杆菌和别人的拳头，都没能让他领受过如此剧烈的痛感。他只好一手捂住自己的肋骨，一手抓死小邹的胯骨。他变得格外凶狠，好让一个部分的舒畅抵挡住另一部分揪心的刺痛。

谷子后来去医院查过，急性肝炎。母亲急得连做了一礼拜的枸杞菜豆腐汤，说是能清肝明目。母亲的嘴这回更加饶不了小邹，说："都是让这匹白眼狼给害的，可千万别发展成乙肝，到哪儿都被人嫌弃。"过段时间，母亲又呜呼哀哉，说："你瞎啊，怎么跟我当年一样瞎？肝坏事小，瞎才无药可救呢，赶紧给我多来几口，治治你的瞎眼。"从那以后，母亲掌管了谷子的饮食，谷子则收回了眼镜店的财政大权。夜里躺床上，夫妻俩不再像从前那么可怕了。这又是另一种可怕。

哭和闹都已经无济于事，小邹当时猛地提出离婚，谷子想想，也不算唐突。他没发话，因为脑子很乱，他终于感觉到了压力。这就是压力，压力让他现在很想打人，把别人的两排牙齿都给打丢。

母亲到这会儿才知道小邹再婚的事，气得她老人家要把小邹逐出家门。小邹倒也横了，说："我还恨不得马上就走，但我的青春、我在你们家受的那些气、我的所有付出，你们都得赔给我，一分钱都不能跑。”母亲当场指头戳向小邹的鼻尖骂起来：“看你年纪轻轻四肢健全的，别把感情弄得跟碰瓷一样，这儿讹一笔，那儿讹一账，自己不要脸拉倒，也给后代祖上积积德。”

小邹当晚就把自己的东西打包好，硬里硬气地坐上一辆网约车，走了。谷子一直坐在沙发上，默不作声，母亲他也不理。他的肝很痛，他的压力巨大。

那晚三更左右，住附近醒睡的人，都听到谷子眼镜店里发出一声稀里哗啦的巨响，还以为遭了窃，不禁骂了几句娘。“这世道！”再用被子狠狠捂紧自己的脑袋。第二天大伙才了解，原来是谷子把那台验光仪给砸了个稀巴烂。大家都不知道为什么，因为都觉得不至于。

谷子是晚些时候知道的，小邹这两年多来在眼镜店里开源节流，赚得比账面上凶太多，只是大头都暗地汇进了自己的小金库，也一并捎走了。她的意思很明白，不废话，有什么到法庭上说。婚肯定是要离的，不离也行，那你就守着那个本子过生活吧。

这件事，谷子到底跟父亲讲了。父亲说：“狐狸精我见腻了，你当初就应该先拿给我鉴定鉴定。你妈也真是。瞎，瞎！好啦，不扯王八犊子了，全屁话。出庭这件事，包在我身上。你莫要再生气，怒伤肝嘛。”

父亲还是那么自信，又老又自信。因为老，他的这份自信看起来越发有理有据，叫人不得不信。

当时法院的传票已经发出，谷子这边，却临时决定撤诉。闲话自然躁动起来。具体原因谷子不说，外人也便无从得知。他对人开始有些见外了。

是谷子决定撤诉在先，还是母亲去世在前，大伙现在都有些记不太清，只知道大体是那段时间的事情，快到过年的时候。大家都觉得谷子可怜，都担心谷子挺不过来，也都理解谷子的见外。

来年春暖花开的时候，在原先眼镜店马路对面不远，谷子重新租了一个更宽敞的铺面。还是眼镜店。据说钱是谷子父亲给出的，谷子父亲现在再度攒了好些闲钱。熟人都嘟起嘴说："钱长了脚，认得道，又跑回来了。"

谷子后来选购了一台全新的验光仪。这回验光仪里放送的图像，是一个鲜艳得失真的热气球。原来并不是所有验光的图像都长一个样，谷子这下子放心了。他眼下还是喜欢躲在验光室里，摸摸耳屏上的小疤，打量隐在屏幕内的那张虚拟的图像。

在一条柏油马路尽头，停靠着一个红黄相间的热气球。喷灯显然已被点燃，烧热的空气把球囊鼓出饱满的形状。它像在等待一位随时可能出现的乘客，比如说谷子。接上人后，它便即刻起飞，升入高天，飘向远方，或许就此不归。世界开始变得安静、渺小、温顺，而且模模糊糊的，再好的眼睛都成了一对近视眼。好一对近视眼。一阵风过，积蓄在体内的压力就都给吹散掉了。散掉了好。

平静一直持续了好些时日。直到最近，谷子家里突然张灯结彩起来。

谷子又结婚了。这回，他讨了一个比自己小很多很多岁的女人。

鸭 子 飞 了

比赛刚散场，一片暗绿色像一摊泼出来的水，汇入人行道和马路车辆之间的每一道缝隙。已经跳过两次绿灯，车子还是纹丝未动。

徐臻拿掌心甩脑门儿，真不该周末晚上把车开到这种地段，逛街和看球的，都是祖宗。一位穿着热裤亮出白嫩大腿的女孩儿，擎着两杆长腿大踏步向徐臻这边走来，所有的车灯都把她的腿打得很闪耀。她在球衣下摆处编了一个活结，从而让上身的形态变得更加紧凑和立体。毫无疑问，这是一位精于经营自己的美女。徐臻觉得此刻没有男人会不往她的身上寻找些什么。他扭头瞟了一眼左侧车道副驾驶上的男人。果然。意料之外的是，他竟然生出一点儿坚挺的醋意。

当她快挨到车前盖时，徐臻利落地把车窗摁下来，探出半边脑袋，用自己的眼睛盯紧女孩儿的眼睛："赢了吗？"

"赢啦，二比零！"

女孩儿比想象中要热情，把自己表现得很像一个铁杆球迷。多么善良的女孩子。不遵守交通规则的众人紧随女孩儿的话音，发出一阵绿绿的呐喊。

车喇叭又开始此起彼伏地炸响。像一位刚意识到自己站错了队伍的小职员，徐臻赶紧将头缩回。拽下手刹，勾上车窗，车子在微微地往前挪动。他看见女孩儿背后的球衣号码是十号。

只有母亲拨来电话，先铺垫儿句多加两道菜这样的客套话，然后急急切入正题，敦促徐臻赶紧谈对象。“奔四啦，还玩儿哪！”徐臻只得嘻嘻哈哈地糊弄过去。同事们在微信工作群里轮番复制粘贴上一个人的祝福，稍加改动，再吐出来，把徐臻的手机屏幕弄得很热闹，塞满虚情假意的生日祝词。

是有两年空窗了，徐臻对女人、对感情都变得有点儿生疏。没谈恋爱，不是徐臻自身太糟糕，恰恰相反，因为当年少不更事，伤害过几位女孩儿纯真的心，徐臻觉得自己还很不够成熟，所以干脆挂起免战牌，先去拼事业，积累一些阅历和磨难。两年的工夫，他顺利拼成了公司事业部的第一把手。刚入职的小孩儿私下偷偷喊他“钻石王老五”，他愤愤地听见了，假装不在乎。

一个人，自给自足，自娱自乐，或者自顾不暇，徐臻并不觉得非得有个女人做伴。只在某些夜深人静的关头，他才想说：如果有一位心仪的姑娘在侧，也许生活会更富声色。他又想到了那位十号女孩儿。徐臻自己也觉得有些可笑，北京何其大，有十号球衣的长腿美女，估计能坐满工体的半边看台。他的想太过宽泛。

一个人的苦恼，很大一部分在于不宜下馆子。别人都一窝一窝吵着吃，就你一人待角落里埋头生啃，吃什么都串味儿。而且一个人，点多了吃不下，点少了不尽兴，怎么样都别扭。总可以约朋友吧，但徐臻越发怀疑自己在北京就没什么朋友。到底有没有人，愿意在没有任何利害关系的情况下，跟他来一场此事无关名与利的饭局，徐臻持怀疑态度。那些嘴炮朋友，本质上他们吃不到一处，到一起了，吃的也不是饭，是各怀的鬼胎。

那天徐臻实在馋得紧俏，将车开到簋街，打算吃一次心心念念的小龙虾。万幸这当口不需要排队叫号，徐臻贼似的一脚飞进店门。一看就店大客足，一位小妹晃晃悠悠前来引路，问说："先生您几位？"徐臻不好意思发话，探出一根手指。

小妹刹车，问："要拼桌吗？那里有一位姑娘，也一个人。"

徐臻想都不多想，连说："我不介意的。"小妹带着徐臻走过去，说："先生请坐，小姐麻烦挤一挤。"

徐臻屁股刚碰上凳面，愣住了。坐在他斜对面的姑娘，不就是那位十号女孩儿？辣椒油把她的嘴唇涂抹得分外鲜艳，像一帧静默胜有声的餐饮广告。肯定错不了，他们曾经深情地对视过。这双眼睛现在用力地眨了眨，它在说，看什么看？徐臻赶紧躲去瞥菜单。

他点了最贵的龙虾品类，麻辣和蒜香各十只，再来一瓶北冰洋。既然要吃，那就吃出一种不是被迫孤单而是享受孤独的感觉。他的心跳得有些动荡，因为手心都是汗，半天没把手掌塞进一次性手套。

“怎么想到一个人出来开小灶的？”徐臻在把麻辣的十只吃完的空当，鼓足干劲，抛出了问题。待会儿吃了蒜香味儿的，就不那么好意思冲着人家发言了。这纯粹是没话找话，好在徐臻的脸皮一向不薄。他想像那天一样，接上她的目光，然而并未得逞。

女孩儿依然稳健地把虾线完整剥出，将虾肉送进红通通的嘴巴里，嚼得很大声。她这时才说：“想吃就吃咯。”徐臻故意笑不露齿，说：“挺难得，这么大一店面，就咱俩是在全心全意品尝小龙虾不同层次的滋味儿，绝对称得上真正的饕客。”徐臻闻到了对方口中的蒜味儿，一点儿也不难闻。

“咱们之前应该见过。”徐臻灌了一口北冰洋，皱着眉头说。他把汽水喝得像烧酒。

“你‘70后’吧？这伎俩太有年代感了。到网上学些土味情话吧，真的，现在傻白甜都爱吃这套。”她难得笑起来，一个看起来很艰难的笑脸。徐臻看见了她的虎牙上塞着白白的虾肉。他看得很仔细，却并不觉得掉价，相反，他觉得格外可爱。

“没玩儿套路，上礼拜六，在工体东路那儿。你是不是去看了比赛，二比零。”

女孩儿突然停住，抬头认真打量徐臻。他的三七分头弄得很整齐，没有一根发丝掉队，额头上冒着密密麻麻的汗珠，也很整齐，像经过了彩排。

“咱们什么时候碰上的，我怎么没印象？”

“怪我过分平庸吧。那时你正在过马路，我坐在车里，然后我问了你一句赢了吗，你回答说赢了，二比零。这个消息是你告诉我的。你当时穿了一件十号球衣，在下摆那儿打了一个结，没错吧？”徐臻越说越得意，像那些卖弄成功学的臭奸商。

女孩儿重新淡定地剥起虾壳，她低着头说：“大哥误会了，那人不是我。”

“怎么可能，难道你没有说那句话？”徐臻差点儿就想弯下身去瞅一眼她的腿，好做进一步确认。

“我当时并没穿球衣。我喜欢的球员是守门员。”女孩儿的话里，有一种毋庸置疑的淡漠。

过了一会儿，女孩儿问：“你也是球迷？”她还是不抬头看徐臻。

“我不是球迷，应该说不是国安球迷，算半个恒大球迷吧。那天我只是路过，好奇比分。”徐臻其实一点儿都不关心比分。

“嘁，一看就是不常看球的，哪支球队战绩好就喜欢哪支。你肯定还是巴萨的球迷吧？”

徐臻不置可否，他确实很喜欢梅西。

“你老家哪儿的？”

“我的家乡没有中超足球队。”

“哦，那还情有可原。”在擦手的时候，她终于用目光叮了一口徐臻的脑门儿。

不管是不是一场误会，在彼此都清盘以后，徐臻还是很绅士地提议送她回家。女孩儿思考了片刻，到底答应了。她用那种徐臻已经很熟悉的冷漠语调说：“这点打车是真难，别想太多，你不是我的菜。”

徐臻把女孩儿送到一条胡同口。徐臻问：“听声口，老北京吧？满族？叶赫那拉氏还是爱新觉罗氏？”

“满族归满族，但不是名门望族。沙达喇氏后裔，没听说过吧？我也是听我奶奶说的。沙达喇当年就是满族的普通老百姓，不是什么八旗子弟，所以我才对你如此亲民，家族传统。走了啊。”徐臻想说回见，到底没说。女孩儿关门走了很久，徐臻还能闻到车上多出的淡淡无花果香。他现在往家里开，很想知道这香水是什么牌子的。闻香识女人，徐臻现在有点儿蒙。

最近每晚十一点左右，徐臻都能在房间里听到窗外传来有人开共享单车智能锁的声音。嘀、嘀、嘀、嘀，嗒——嘀、嘀、嘀、嘀，嗒——这最后一个“嗒”音，像动画片里配制的电击声，意味着解锁的失败。谁会在大晚上，不通过正常途径，而是锲而不舍地碰着运气去解锁，然后迎接一声嗒的失意？声音消失以后，徐臻接着看几页书，然后睡觉。

他们加了微信，她的名字叫沙安，大学刚毕业，进了一家图书出版公司。他们后来又见了一面，去798看一个画展，徐臻提议的。徐臻每次看着沙安，就像望向一片无尽的荒漠，看不到任何解渴的希望。徐臻去网上搜过北京国安守门员的照片，不管是先发还是替补，都跟自己长得十万八千里。他真的不是她的菜，所以徐臻也并不奢求得寸进尺，他以一个事业部主任的眼光去看，任何对沙安的投资，注定是一桩亏本的买卖。两个人平时偶尔聊聊聚聚，也挺好，徐臻总体上是一个知足常乐的人。

他们的第三次见面，是在沙安的家里。沙安当时在微信语音里说：“我男朋友托他一哥们儿，寄了一箱阳澄湖大闸蟹过来，我一个人没法消灭干净，放久了又不新鲜，你要不过来替我瓜分瓜分？”徐臻先假装淡定地发了一个OK的表情。上了趟厕所回来发去语音问：“你居然有男朋友？”沙安过了很久才打字过来："不可以？"

这一次沙安领徐臻去的不是那晚的胡同口，而是望京的一个青年公寓。沙安说，这里离单位比较近，而且她不是很喜欢胡同里的生活，不够精致，所以工作日、犯不着敦亲睦族的时候，她都住在这里。

房间里有很多不同尺寸的公仔，放满了玄关柜、电视柜和床头柜。徐臻对这些公仔很好奇，这不是他的世界会存在的玩意儿，所以凑近细看，不时用手抚弄，有种在抚弄沙安的感觉，弄得他内心有些慌。在沙发上方的墙壁上，挂了一张沙安本人的艺术照。人居右，身子前倾地坐着，腰挺得有些不够自然，脸上一副生无可恋的神情，好像但凡时尚就不能跟高兴沾边。背景是一片模糊的树影，底下是一排露出尖角的紫花。徐臻觉得画面整体有些亮，如果弄成黑白，说不定会更好。电视液晶屏幕上头，挂着一条葱绿色的围巾，上面印着一行黄字："国安永远争第一。"是挺像真球迷的，徐臻暗自冷笑一声。

这个小开间了不起五十平米，徐臻竟能清楚明白地闻出几段不同的香味儿，卫生间、大厅和床边的味道不尽相同，跟她身上也不一样，徐臻不知道沙安是怎么弄出来的。他自己现在的住处，待了足足两个年头，每次推门而入，迎面飘来的还是刚搬来时就长眠于此的馊饭味儿，怎么通风透气也赶不跑。

按着“百度经验”把蒸蟹弄好，两人就着饭，看着点播台里的电影，各吃下三只有余，他们纷纷对蒸蟹的味道赞不绝口。没坐一会儿，徐臻胃里突然猛烈抽搐，随之是恐怖的宁静。大事不妙，赶紧蹿去厕所，瞬间大珠小珠落玉盘。沙安倒一点儿事也没有，从冰箱里又取出一瓶酸奶吸得吱溜溜响。

厕所里传来徐臻的一声惊叫：“你家里怎么会有这玩意儿！”

因为排气扇的声响，徐臻根本听不清沙安在外头说了什么。厕所角落放着一个粉色笼子，里头是一只白羽红蹼的鸭或者鹅，正拿褐红色的长喙对着徐臻嘎嘎乱叫。徐臻自幼害怕带喙的禽类，他闭紧双眼，一气呵成，慌不择路跑出来，缩到沙发上。沙安说：“还好你提醒了我，差点儿忘了给嘟嘟喂饭，饿坏了吧小宝贝。”她把米饭用温水泡开，走去喂食，捏着鼻头喊：“你拉的屎真臭！”

沙安把那家伙抱了出来，笑说：“鸭子也怕？”她说这是她一闺密的宠物鸭，名叫“嘟嘟”。闺密分手后，跟公司休了长假，不久前一个人跑去青海疗伤了，这家伙就一直搁这儿寄养。沙安说，她一直觉得它更像一只鹅，丑小鸭变成的白天鹅。徐臻说：“你童话看多了。”

他们随后聊到沙安的男朋友。她男朋友之前是一名音乐电台主持人，司职跟听众扯皮，放放歌，念念读者来信，用一种失真的腔调。“在业内还算小有名气，我这么说，你可以理解成中国人一贯的谦逊。”沙安把右腿放到左腿上，又长又白。徐臻觉得这双腿跟那天晚上看到的，根本就一模一样。

“他并不喜欢电台的工作，所以辞了职，去美国进修音乐。他想以后成为一名职业的说唱音乐人，然后回国参加一档类似《中国有嘻哈》这样的节目。不是去做选手，是做导师。”像徐臻这种每一步都按着世俗对成功的定义往前赶的人，很难理解这类人对于冷门的梦想的偏执。也许，这就是他的土鳖所在吧，太过商务，不够嘻哈。

回家之前，徐臻又跑去上了一趟厕所。

因为屁股生疼，今晚徐臻只能侧躺在床上刷手机。他在微博的搜索栏里输入沙安男友的名字，点开出现的是一位加V账号。居然有小几十万粉丝，简介栏里仍然标注是电台主持人。两小时前他发了条状态：“伯克利的阳光是鲜橙味儿的，国内的朋友们，你们睡了吗？”位置显示一堆英文字母，徐臻懒得细看。再点进相册，很清瘦的小男人，不够高大威猛。在他新近的照片里，发式改成了美国黑人喜好的脏辫，衣服松松垮垮，至少排场上挺嘻哈。总之他的样子，跟国安守门员绝对不是一个类型，甚至都不是一个型号。徐臻有点儿犯迷糊，不知道沙安到底喜欢什么，或是在将就什么。共享单车的解锁声就是这时候响了起来。

徐臻这段时间一直在操心公司O2O业务（线下的商务与互联网结合，使互联网成为线下交易的平台）的广告设计和投放。在他的率领下，团队顺利标得在地铁一号线隧道内和国贸站一号线转十号线走廊上的广告牌位。徐臻在工作上喜欢亲力亲为，他身上具备了一切喜欢亲力亲为的领导的优点和缺点。

再一次跟沙安碰头，是在半个多月以后，沙安凑的局。她在微信里说："给你介绍一位大美女，鸭子嘟嘟的主人。"

三人在鼓楼附近一条胡同里的小酒馆碰头。看样子沙安她们是常客，跟老板的黑泰迪混得特熟，所以这只小色胚对徐臻就有一点儿凶，害得他不敢乱动。徐臻要了"白俄罗斯"，两位女士分别点了"龙舌兰日出"和"大都会"。沙安在介绍身边的闺密时，徐臻听得很认真。闺密名叫杨琦，王大可的"琦"。带点儿婴儿肥的杨琦居然是空姐。这话有两重意思：第一重，杨琦是徐臻认识的第一位空姐，稀客；第二重，到底是国产空姐，相貌并不见得异于常人，至少跟沙安比还是稍逊风骚。但正是这样一位杨琦，却让徐臻看到了希望，解渴的希望。

三人闲来无事，又不够熟络，不免幼稚地玩儿起真心话大冒险。在微信里组了个群，掷骰子比大小，点数最大罚最小。徐臻运气很差，总输。其实他早有预感，今晚自己的运气都不会太好，他觉得她们也有这种预感。很快徐臻的个人简历就被悉数供了出来。等到杨琦问徐臻喜不喜欢沙安时，徐臻很直接，说："我觉得没准儿咱俩更合适。"他支棱着眼睛盯着杨琦，脸上是由于酒精过敏的红。就是这种直接，以前害苦了不少姑娘。

氛围这时变得有些暧昧，沙安很识趣地给两人搭桥牵线。她问杨琦："你喜欢什么样的男生，介不介意三十岁就长出肚腩的老帅哥？"杨琦总是把问题回答得很艺术，让徐臻在确定和否定之间犹疑。

沙安在赢了一盘以后，说："家里临时有事，得先走了，我也不为难你们，隔着纸对嘴亲一个，抓紧时间，快！"杨琦很开心地笑了起来，但还是维持在大型国有控股航空公司空姐的基本仪态范围内。两人都不马虎，本着愿赌服输的契约精神，轻轻地碰了一下。徐臻觉得自己只感受到餐巾纸的材质，也就是说，很不过瘾。

孤零零的两个人，周遭的气压在节节攀升。他们隔靴搔痒了半天，竟然聊到杨琦的前任。徐臻内心其实是一个很八卦的人，他那时问："可以说说为什么分的吗？"杨琦说："你跟前女友又是为什么呢？"徐臻不知怎么修饰自己的荒唐，只得说："不合适。"杨琦说："分手哪有那么多理由，就是不爱了。"徐臻很认同地点了点头。徐臻又问——他对杨琦的感情有着别于他人的兴趣："他是做什么的？""自己开了家公司，没成气候。"对于前男友，杨琦总是说得很笼统，借用了许多外交辞令。徐臻识趣地就此打住。

倒是对于那番散心的行程，杨琦似乎有很多感悟急于分享。“分了手，也好有借口跟公司申请年假。平常总是目送乘客在不同的城市穿行，现在自己也可以宽宽松松地去走走了，不是走马观花那种。我去的是德令哈，就是海子诗里写的那个德令哈。‘这是雨水中一座荒凉的城，除了那些路过的和居住的’，我最喜欢这两句，把它背了下来。德令哈有两个湖，托素和可鲁克，去的人少，十分空旷、幽静，感觉像拔光了所有游客的地中海。”她接着说，这次她算得上深入基层走进民间，就借宿在藏族牧民家里，每天醒来喝一杯酥油茶外加两块糌粑。

“那里的人们都很善良，比我们都要善良。”她说这句话的时候，眼里有光，自带的光，又或是从雪域高原上“偷”回来的。

这晚起，杨琦纤柔的声音就一直躲在徐臻的耳洞里，时不时泄露出来，“德令哈”“荒凉的城”，把徐臻重重地吓一跳。徐臻在加了杨琦微信以后，自觉避开那个三人群，有事没事，单线找杨琦聊天，分享自己的心路，他也有他的德令哈。徐臻凭男人的直觉，如果不是杨琦拥有超乎寻常的礼节，那么她肯定对自己也有相当的好感。

徐臻后来问过沙安关于杨琦上一段感情的情况。他真的是一个很八卦的人。沙安说，她的前任是从迪拜飞回北京的航班上坐头等舱的一名乘客。临下飞机前，他主动向杨琦要了联系方式，然后以土豪的方式展开了轰轰烈烈的追求。“这男的离过一次婚，有个上小学的儿子，自己是一个地产开发商，怎么说呢，钻石王老五呗。他们谈了得有个两年，杨琦是动真感情的，不像以前。所以她不是为了钱，或者最起码，不单单是为了钱。结果这男的还是劈腿了，还是一位空姐，估计好这口。那女的杨琦还认得，以前一起培训上岗的。这件事她一直不愿多谈，可见伤得不轻。唉，男人都不是好东西，道理大家都懂，可还是不能幸免。”

那天杨琦突然来电，徐臻当时在开会，骂着人呢，见是杨琦的号码，他打破从不在开会期间接电话的原则，急忙跑到走廊上接通了。杨琦电话里说：“你能不能帮我搬个家，东西不多，你的车一趟就能拉完。”她的声音还是如此春风沉醉。徐臻非常爽快地答应了。杨琦最后说：“顺便帮看一下皇历，择个好日子，散散霉运。”

原本杨琦跟前任住在望京。前任说：“你可以先住着，我不差房。”但她还是打算搬回机场南楼的出租房里。她的东西确实不多，三个行李箱，她说里头都是衣服，一个双肩包，她说都是化妆品，外加一个装着鸭子的粉色铁笼。

“对了，还没跟你介绍我的同居室友，嘟嘟，后排这位。”他们都坐上车的时候，杨琦扭头说。

“见过见过，老相识了。”徐臻用车载蓝牙放起小野丽莎的歌，沙安说这是 20 世纪 70 年代生人的品位，没不好，很有年代感就是了。

“嘟嘟，快叫叔叔。”鸭子真的嘎嘎叫了两声。

“我一直觉得我还是个哥哥，但别的小女孩儿都开始管我叫叔了。”

“我都想叫你叔叔了。”杨琦在把玩自己衬衫袖口上的一根线头。

“在我们老家，只要没结婚，别人过年还会发红包，没长大嘛。”

“要是老光棍呢，也发？”

“这个问题我也问过我妈。”

“她怎么说？”

“她说不上来，她只说我是在无理取闹。”

两人都咯咯笑了起来。杨琦笑起来的时候很全情投入，不像沙安笑得那么艰难。这一点徐臻很欣赏。

徐臻帮忙打扫卫生，擦擦玻璃，拖拖地板。杨琦房间的墙壁上挂着很多字画，有西洋的写实油画，也有中国的写意山水，杂而处之，显得热闹非凡。

他对杨琦说：“没想到你那么懂文化，真的还是仿的？”

杨琦随口回一句：“瞎闹。”

很多飞机从房间窗户的上沿飞过，徐臻的心里突然泛起某种告别的惆怅。他没想到过抵达。徐臻此后经常往这边跑，跟天上一架接着一架的飞机赛跑。他常常幻想杨琦就在某架飞机上，然后他就拼命追赶，最后迎接必然的失利。住在这片小区的基本都是空乘人员，不得不说，还是有很多空姐是很养眼的。当然，杨琦也很养眼，是那种跳一跳，就能够得着的悦目。

他们开始公然结对出现在沙安面前，沙安偷偷给徐臻发微信："恭喜啊，拿下空姐了。"徐臻并不表态，发去三个可怜的表情，既是深藏功与名，也有点儿求饶的意思。

如今每次出门前，徐臻都要在镜子前花近半个小时的时间打理头发。先弄湿，吹干，然后塑形，用发泥抓头发，各个侧面都得兼顾，按照黄金分割比例划清刘海的走向。每到这个时候，徐臻总会想起以前老家的那间理发厅。那家理发厅里所有的理发师都穿着一身白色的长袍，像一群牙医。地板铺了黑白间隔的马赛克瓷砖，像马列维奇的作品，散发着简约的至上主义气息。理发厅的进门方向是一面茶色的玻璃墙和玻璃门，门内与门外，时间似乎会发生某种不易觉察的嬗变，所幸，不过是或早或晚而已。

每回徐臻去理发，母亲从不看那些被人翻烂的杂志，她就站在徐臻旁边，对理发师下指导棋。她的年纪比理发师要轻不少，照理该管理发师叫一声叔或婶。她的样子有点儿像监工，好像她不这样做，理发师就会偷工减料，或者任意妄为，把徐臻的头发变得违背公序良俗。

理发师自然很不乐意，所以脸摆得很臭，偶尔回戗几句，依然我行我素，把电动推子弄得嘎嘎响。徐臻很害怕，却并没有吱声。要换作过去国营的时候，没人敢这么对他们指手画脚。时代变了，人也不得不跟着改变。徐臻从前的头发总是剃得很短，小平头，将过扁的后脑勺暴露出来。母亲说这样很精神，只是光精神，根本无法吸引任何女生的关注。精神不一定就好，忧郁一点儿，犹豫一点儿，并不见坏。彻底摆脱小平头，成了徐臻渴望长大的动力，在当时，可以说是最大的动力。时代在改变，发型肯定也得换，就算母亲不情愿，也不得不服从。

那天晚上，徐臻邀请杨琦到家里吃自制火锅。徐臻本科在成都念的企管，他的学业很对付，但对火锅、冒菜、钵钵鸡、串串等蜀地美食均研究甚深。当年他就抱定了想法，要是混不下去，就跟几位志同道合的失意者一起开家火锅店。那天他们吃得很尽兴，聊得更热烈。快到零点的时候，杨琦说太晚了，我得走了。她正慢慢挪去门口穿鞋，徐臻赶去送别，却不知怎的从背后一把将她抱住。杨琦挣开，却是转过身，再贴上去。这天夜里，徐臻似乎没有听见那个人开单车智能锁的声音。

两人躺在床上，杨琦枕着徐臻的手臂，徐臻一点儿也不觉得麻。一米五乘两米的床，徐臻现在嫌它太大。杨琦讲起了故事，她说小时候家里穷，是可怜人来的。父亲工伤被玻璃厂辞退，全家就靠母亲在菜市口边摆摊卖水果营生，是要提防城管的那种摊位。

“有一回我把红领巾弄丢了，要两块钱一条，那时我一个月花五毛钱都觉得心疼，所以不敢跟爸妈要钱。学校每周一升旗仪式结束，高年级的少先队员会逐个进班检查同学们佩戴红领巾和校牌的情况，没有佩戴的同学，会被记在本子上，扣掉班级的分数。我还记得缺红领巾扣一分，校牌是零点五分。我不想给班级抹黑，所以实在没辙，就去文具店里偷了一条。这是我这辈子头一回干坏事，心里愧疚了好些天，觉得自己再也不是一个好女孩儿，更不是一名优秀的少先队员了。”

徐臻从眼睛开始吻起杨琦的脸蛋。不等徐臻忙活完，杨琦接着说，有一次母亲跑不快，被城管没收了秤砣和计算器，水果也给打翻，烂了一地。她当时正往母亲的摊位走去，目睹了这一切。当时她赶紧掉头，尾随城管的三轮板车，趁他们检查其他摊位的时候，把秤砣和计算器又给拐了回来。杨琦躺在床上以后，话变得特别贫。徐臻只好管住自己的身体，老老实实憋着听，不时捋一捋杨琦其实很齐整的发梢。她就像一个被家长诱哄上床的小孩儿，毫无睡意，通体洋溢着十分简单的生龙活虎。杨琦还说到小时候一直想看熊猫长什么样，于是有一回逃票进了动物园。她把每一次的偷逃都说得像如厕一样简单。结果杨琦发现里面并没有大熊猫。“不是每座城市的动物园，都有你想要的动物。”后来工作人员发现有一个小女孩儿身边没有家长陪伴，以为走散了，最后把杨琦送回了家。

“你说还能挽回吗？”杨琦的眼睛再度浮出那种偏冷的亮光。多可怜的孩子啊，孩子在迅速长大。“你现在又偷走了我的心。”徐臻潦草地说完这句老派十足的情话，将她搂得更紧。他多想让她变成碎玻璃碴，大面积地刺进自己的身体，好让他痛个酣畅淋漓。

杨琦猛然抓住徐臻的手腕，轻轻晃了晃，问：“你喜欢孩子吗？”徐臻愣了一下，他不知道杨琦这话用意何在，于是说：“我将来会喜欢的，家里有备着，这就戴上。”他对自己的回答很满意。杨琦把手松开，她终于没再说话。

那天沙安突然给杨琦打来电话，她的声音轻易地穿透了手机的听筒，坐在旁边的徐臻听得一清二楚。

那位有志成为说唱节目导师的前电台主持人被爆出轨。有游客在洛杉矶女人街，拍到他跟一个女孩儿搂搂抱抱，场面相当热烈。这位游客兴高采烈地将之上传到微博。他名气不大，所以此事并没有多大反响，但只要搜索他的名字，就会在第二行的信息里出现这条猛料。沙安保持每天在微博搜索男友的习惯。

沙安当时脑袋里像摔碎了一瓶酸奶，白乎乎，酸溜溜，支离破碎。她打去电话，过了很久那边才接通。她说："你在哪里？"男友说："宝贝，伯克利呀，待会儿还有课呢。"沙安终于遏制不住爆粗的冲动。男友自然一概否认，并且责怪沙安无理取闹。沙安来了一段毒辣的饶舌，让以快嘴自诩的男友根本无从招架，匆匆把电话挂断。

杨琦陪着一块儿控诉这位电台主持人的丑恶嘴脸，两个女人隔着电话，把他平常诸如抠门、邋遢、懒散、打鼾、不喜欢陪女友逛街等生理缺陷和性格缺点通通挞伐了一遍。徐臻有种兔死狐悲的感觉，端端正正地坐好，听得惊出一身冷汗。

母亲最近打来电话，她老人家这次放话说："我反正是退了休的人，你要今年还找不着对象，别怪我飞北京，每天到中山公园撑把伞，摆摊倒卖儿子。"徐臻犹豫要不要把杨琦的照片发给她，思前想后还是作罢。都再等等吧。

那天徐臻在家拟写公司季度规划，脑袋发涨，想来一根烟疏浚疏浚，却怎么也找不到那个从旧金山带回的之宝防风打火机。烟瘾犯上，不抽，肺就空落得慌，只得凑到燃气灶上救急。

他发现自己最近经常丢三落四，前几晚临睡前，原想温习几页《金瓶梅词话》，是托朋友从台湾捎回的里仁书局梦梅馆校本，徐臻很珍惜。结果在不大的书架翻半天，愣没找着，气得他一肚子的火。工作往面前一摊，脑袋的马力就不足，好像东西都长了手脚，跟他玩儿起了躲猫猫。徐臻不服，买了三盒健脑补肾丸，藏在保险柜里，一个人的时候拿出来吃。

徐臻央了杨琦很多回，让她穿一穿制服，叫他也过一把制服诱惑的瘾。杨琦均正色拒绝了，她说工作就是工作，生活就是生活，咱得拎清了。他悄悄翻遍了杨琦家里的衣柜，没有一件套装。她说制服都放在公司的个人衣柜里，杜绝隐患。徐臻现在在女人面前，一点儿都没有领导的模样，更没有领导的威望。

徐臻那回猛然想起跟前任分手的时候，貌似并未把对方扔回的钻戒给处理掉。他有想过，这枚在周大福选购的零点六克拉裸钻，也不是不可以重新登场亮相。毕竟，物的符号意义可以翻新，但物本身的价值一直都在，遗弃了怪可惜。

他把跟前任相关的一些隐私物品，比如忘带走的耳环、记录两人点滴的手账、徐臻采买的情趣内衣，都放进一个小箧，搁在床头柜最底层。

这位前任是徐臻此前唯一考虑过给出一个名分的女人，遗憾的是日子稍一拖长，便丢失了迈出那一步的心力。女人的年龄等不起没有结果的拖延，两人就这么分了。

母亲骂了徐臻很长时间，她很喜欢那位说话嗲里嗲气的南方姑娘，说：“以后你就知道后悔了。”徐臻说：“那我就守着那个‘以后’出现吧。”

与其说徐臻恋旧，不如说他恋物。除去偶尔喝大了兀自伤春悲秋，他总体是一个不断朝前看的乐天派。现在，他把那个小箧的东西都掏了出来，并没有发现那枚钻戒。也许是给处理了吧。徐臻想，到底物的价值不变，但某个时段的意义不容轻易抹杀。他本质上还是一个高尚的人、有道德的人，一个脱离了低级趣味的人。

这周六排到了国际线，杨琦显得很满意。她说她喜欢飞国际线，不仅可以到陌生的国度转上几天，飞行小时费和驻外补贴也更加丰厚。晚上在杨琦这边过夜，徐臻竟然失眠了。他能不时听到隔音玻璃滤进来的飞机掠过时低沉的隆隆声，有点儿像两年前他跟前任去杭州观潮时，那由远而近传来的钱塘江的潮声。第二天一早起来，徐臻强打精神，他像平常一样走进厨房，给杨琦做一颗心形的煎蛋，再温一杯牛奶。

他还是像不加班的周末一样，一直把杨琦送到机场入口，然后用右手轻轻拍一下她丰满的左臂，再献去一枚势大力沉的吻。整个仪式下来，好像徐臻自己是机场土著，而杨琦不过是一名过客。

临登机前，徐臻看到杨琦发了一条朋友圈。照片是一架飞机正从窗台飞过，照片底部一只大号熊本熊公仔靠在床沿。这张照片是徐臻拍的，杨琦加了滤镜，算是联合创作吧。她配这张照片的文字是：“每天有多少架飞机，从窗框内的天际掠过，里面有多少种心情，不管日晒风吹，全被挂在天空。”徐臻很自觉地点了赞，再在底下发送三枝玫瑰花。

那一整天徐臻都窝在床上看《我们这一天》，这部美剧是杨琦极力推荐的。徐臻看得上下门牙缀满唾沫条子，一抹鼻涕一抹泪的，才发现迟迟没有收到杨琦的消息。照理说她应该已经落地。徐臻打去电话，通了，但无人接听。之前每平安到达一个地方，杨琦总会发来一个韩国童星宋民国飞奔到镜头前亲吻的表情。现在这个表情迟迟没有现身，徐臻也就无从回复那个《悬崖上的金鱼姬》里波妞冲向宗介来一个熊抱的动图。这是他们心照不宣的默契。徐臻又等了半小时，把电话打给沙安。沙安说她这边没有收到任何消息。不过她说了，天上的事比地上的更没谱，很可能遇到一些突发情况，飞机延误了。“放心，大航空公司，出不了事儿，咱都再等等吧。”

再挨一个小时，徐臻坐不住了，打电话给航空公司客服，报了班次。客服检索后说：“飞机早就到达了目的地。”徐臻心里嗡的一声。再进一步问，客服表示据她了解到的情况，本次航班的空乘人员里，并没有叫杨琦的女士。

徐臻说：“你们这系统什么破玩意儿，连自己的员工都查不到。”

客服人员憋了几口气，轻声说：“先生请不要激动。”

他挂了电话，越想越不对，再试一次拨打杨琦的电话，依然无法接通。徐臻只好报警。

电话里，女警员以一种稳健的嗓音让他少安毋躁，情况她都记下了。“有情况随时跟你联系。”

这一等就是一宿，横躺在床上，徐臻的眼睛一直盯着天花板。睡不着，又起来看电视，看不下去，干脆望向窗外的天空发呆，眼看着天一点一点透出紫蓝色的亮光。云层之上似乎有飞机缓缓划过，像一只候鸟，懂得去，也晓得回。徐臻突然有种感觉，杨琦就坐在这架飞机上，最后一遍叮嘱各位旅客系好安全带，收起小桌板，调直座椅靠背，将遮光板打开。然后她就一直保持适度的微笑，脸上浮出两团可爱的婴儿肥。

她在静静地等待降落，等待他们全新的相遇。

清晨八点一刻，警方的联系人终于拨来电话。是一个男士，那人先打了一个嘹亮的哈欠，然后说：“人你甭找了，就在我们这儿，你抽空过来一趟吧。”徐臻喊着说：“你是骗子吧，要下地狱的！”

徐臻在接上沙安以后，一起赶到了机场派出所。民警用一次性纸杯给他们分别泡了一杯碧螺春。徐臻没有落座，说：“先不废话，把人保出来。多少钱，我现在就出，现金也行。”那位长得很像金士杰的老民警坐着，跷着腿说：“年轻人别急，你先坐。首先，你们的这位朋友，她人现在已经不在这里了；其次，她的情况应该比你们想象的要复杂一些，眼下不是钱的问题了。”

徐臻说：“那你倒是说说，到底怎么个复杂法。”

警察点起一支烟，在靠窗的座位坐下，说：“你家里是不是少了什么东西？”徐臻说：“少没少，就不劳您费心了。”警察佯笑一声，说：“好吧，是这么着，有人向我们报案，说家里的很多双 AJ 球鞋没了。这些洋人的鞋真他娘贵，一双鞋四五千起步，我现在这双千层底，舒坦得紧，上百块封顶了。那人说，这些鞋具有收藏价值，不是拿来穿的。他统计了一下，说是缺了七双，都是他的心头宝。我们核实信息以后，赶紧立了案，调取了附近监控，最后发现杨琦有很大的作案嫌疑。经过调查取证，这事儿基本撂定了。后来，我们还在杨琦的住所搜出了其他一些东西，拉拉杂杂，价值不菲。据杨琦交代，都是从别人那里顺来的。怎么说呢，这些人，大都是跟她过从甚密的男士。当然，这对你而言，应该没什么价值。”警察似乎又笑了一下，烟跟着咳了出来，转眼逃到天地间。

“杨琦经常带头等舱，不加年终奖，税后一个月也有上万收入，怎么会偷呢？动机是什么？”沙安试图争辩。

老民警捻灭烟头，说：“动机，不是我们关心的重点，我们更在乎事实。还有，据目前我们掌握的情况，杨琦并不是所谓的空姐，她负责地面工作。至于具体是干什么的，我并不清楚，也不想了解。”

沙安和徐臻都没再说话。老警员站了起来，把警帽从桌上搬到头顶，说："要没什么事儿，请回吧。如果有进一步需要告知你们的消息，会联系你们的。"他的声音都有点儿像金士杰。

在回去的路上，沙安还是百思不得其解，她看过杨琦穿制服的照片，就在机舱里。"难道是P图？不可能，是不是P图，我一眼就认得出，而且没必要啊。"沙安说，以前杨琦经常在她家里过夜，她从没少过任何东西，不但没少，家里那么多的公仔，大部分都是杨琦从世界各地买来送给她的，这东西骗不了人。

"你家里缺斤少两了？"

徐臻现在很烦躁，但还是很标准地摇头："没有。"

几天之后，警方约谈了徐臻。

"你是杨琦男朋友吧？"这是一位年轻的男警察，有着一颗大大的喉结。

"她这么说的？"

"难道不是吗？"

"是，当然是。"徐臻没有意识到自己笑了，"她是一个好姑娘。"

警察点了点头。

"这玩意儿是不是你的？"这位警察拍了一把垒在桌面的三本书。麦色封面，《金瓶梅词话》。

“我翻了翻，不就那么回事儿。”

“是啊，不就那么回事儿。”徐臻又奋力地笑了笑。

“这个呢？”警察半天才从裤兜里摸出一枚钻戒，“是不是你的？”

徐臻摆头说不是。

“你确定？你都没有细看。”

“你为什么要这么问？”徐臻将目光锁定于警察的眼睛。这是一双很有力度的眼睛，敏锐，像高空上的鹰隼。

“杨琦说是你的，我们在她办公室的储物柜里找到的。”

徐臻看了一眼他手上的钻戒，好一颗裸钻。

“真的不是，警察同志。还有，你们虽然有权，但最好别乱翻别人的东西，更不能刑讯逼供，精神刑讯也不可以。”

警察摊了摊手，感觉有一点儿无辜。他说：“那就没你什么事了，充公也好。”

徐臻正欲离开，警察插进来一句话。他说他们会酌情宽大处理，毕竟还有一孩子。

“孩子？什么孩子？”徐臻第一次觉得警察是如此讨厌的职业。八卦，上帝视角，还认死理。

“还以为你知道。”徐臻感觉这句话有一点儿揶揄的色彩，因为不经意而更为揶揄。警察告诉徐臻，据杨琦自述，这孩子是她跟前任的，现在在老家，让父母给养着。

“女孩子，男人没要，杨琦偷偷把她生了下来。到现在那男的还不知情。”警察向徐臻飞去一根中南海，也给自己燃起一根。

徐臻第二次准备出门时，这位警察再度从背后喊住了他。

“对了，她有一句话托我带给你，”徐臻转过身，警察在室内构成一个模糊的暗影，“她说，搬家那天，你肯定没看皇历。”他对警察突如其来的厌恶并没有改观。

徐臻没有休假，依然正常上下班。他的一丝不苟仍旧让同事们赞叹，也让同事们在私底下偷偷抱怨。

这天晚上，徐臻在家里构思一个并购案。那个声音又出现了。在嘀、嘀、嘀、嘀的声音之后，是一串嘀哩哩的连音。这是成功的信号。那个坚持了那么长时间的解锁人，终于将一辆共享单车的密码锁给解开了。徐臻赶紧趴到窗台张望。角度并不理想，加之夜色太深，他没能看到那人究竟长什么样。

杨琦出庭前一晚，沙安打来电话，问要不要一块儿去。

徐臻来了个深呼吸，然后摇了摇头。电话那边的沙安什么也看不到。

那天徐臻把车开去了机场南楼的小区。途中他猛然想到一件事，于是打电话给沙安。

“你手头有打火机吗？”徐臻抢先来了一句开场白。

“没有啊，怎么了？”

“那你是怎么点燃我的心的？”

那边的笑声让徐臻感到某种宽慰，像一缕阳光漏进来，开始收拾他体内的阴暗和潮湿。“下周末恒大客场踢国安，有空的话，咱一起去看呗。”一直等到笑声消失，确定没了，徐臻才补上一句。

电话那头只剩一片混沌的空白。

现在这时候，小区里有很多屁股塞到楼道口的豪车，它们在等候换上日常服饰的空姐们下楼。相较之下，徐臻这辆福特锐界显得非常逊色。

他有她家里的钥匙，她也有他家的钥匙。杨琦当时说：“我把唯二的这张房门感应卡交给你了，头一回。”徐臻说：“为了你，我配了一把新的钥匙。”此前，徐臻从未动用过这张门卡。现在，他按了电梯的上行键。他的心跳得比第一次来这里过夜还要忐忑。

徐臻不由得想起前天他跟杨琦的见面。徐臻动用了一点儿关系，让他们得以在会见室面对面地聊。没有防爆玻璃，没有铁栅栏，也没有镣铐。只是杨琦的服装多少有些刺眼。

杨琦苦笑说：“现在，终于给你看见制服诱惑了。”她的嘴唇有一些并不均匀的白，倒更显清秀和含蓄。

徐臻笑得有点儿尴尬，抬眼偷瞄了几下站在不远处的警员。

杨琦后来聊到自己的父亲，她又讲起了故事。她父亲当年高考遭人冒名顶替，是当时的校长临终前，把这件压心底的事告诉杨家的，整整三十一年以后。后来杨父中专毕业，被分到县玻璃厂，负责切割玻璃。一次意外事故，他把自己的右手给弄没了。父亲早就蔫惯了，说木烧掉就成了灰，灰没法儿成树了，不能再去毁了另一棵树，树倒猢狲散，到这时候，不必这样难看。他对杨琦说："我不留下来，哪能遇上你妈那么好的女子，哪能有你这乖女儿？"杨琦自己气不过，跑了一趟某市。那位顶替者大学毕业后，留在了大学所在的这座长三角城市，分配到检察院，副厅局级待遇退的休。他也有一个女儿，如今也在检察院，跟杨琦一般大，当时刚有身孕。杨琦说，看见她肚子的那一刻，她的气消了大半。后来，杨琦只把事情的原委告诉这位女儿，她说信不信，有没有负罪感，那是对方的事。

徐臻呆坐着，什么也说不出。他其实一直不大喜欢杨琦的这些故事，太苦情了，他需要一些正能量。

"我曾很多次想过，如果事情按正常的轨迹发展，她会不会就成了我，我也就成了她？"杨琦管徐臻要了一根烟，"想想，还是不必了吧。老天爷估计也清楚，换作其他人，铁定没我这样的胆量和勇气。"徐臻想：这样的胆气，比他不再害怕鸭子要大多少倍？

她把手上的打火机交给了徐臻。是那只失踪的打火机。"物归原主。往后在里头点烟，应该没风了。"杨琦盯紧掌心那条合二为一的横纹，她轻轻地笑了一瞬，“还是争取戒掉吧。”

“一切都会好起来的。”徐臻突然说出这一句，他感觉自己只能这么说。他还是保持着僵直的坐姿。

“我偷，但从没骗人。瞒不是骗。我以前确实是空姐，后来想要这孩子，不愿被人说长道短，就申请转到二线，去了人力资源部。那里一个头儿以前是我相好，请假也方便。他也是个骗子，我这辈子最恨的就是骗子。但没有办法。”

“你说啊，这是不是一种癖啊？”杨琦换了一副类似商量的口吻对徐臻说。

徐臻如实说：“我不知道。”

随后他们还谈到了沙安。杨琦说：“沙安对人好，是那种不计得失地对你好，所以我只信她，也从没想过从她那里索取什么，不需要。你真的可以考虑考虑，别又给坏人抢走了。”

徐臻突然涌动起一阵失望，是对自己的失望。

“是不是我对你不够好，所以你才不愿停手？”

“男人，我概不信的了。”杨琦抽完最后一口烟，悄然站了起来。徐臻第一次发觉她是那么的高，高得那么的孤独又无所畏惧。

徐臻现在推开防盗门，杨琦心爱的牛奶香熏味儿将他紧紧环抱。他的心绪平复了很多。徐臻把房间的各个角落都巡视了一遍，一切似乎都没有变。冰箱正常运转，说明电费尚且足够，零食躺在果盘里，保质期遥遥等在前方，厨房的砧板上似乎还沾着一点儿水汽。就是墙壁变得有些空，单剩下一些错落排布的无痕钉。说是无痕，岂能真的无痕。

徐臻突然跑进卫生间，紧接着他又来到卧室，整个人贴在地板看向床底。嘟嘟呢？那只鸭子。他并没能在房间里找到鸭子，也没有找到那个粉色的铁笼。

鸭子飞了？

让我们荡起双桨

一

黄迪叉开腿，定在马桶两侧，形成一个稳固的三角，然后将身体坠下去，深蹲。从左侧口袋摸出那包“南京金陵十二钗”，口干，舌尖泛泛捋一圈儿，嘴唇黏性陡增，啄出一根，用唇肉调整烟蒂位置，咬紧。打火机在右口袋，侧身向左，掏出，咔嚓两声，烟头起了雾。便意久候不来，烟雾径自缭绕。外头的回力门吱呀作响，龙头水开了又停，痰声三两。皮鞋半年多没洗，纯黑转成褐黄，褶痕里栖满尘垢。因为姿势的关系，他能轻易闻到鞋头粗劣的酸臭。在捻灭第二根烟蒂后，他将自己从马桶面上升起来。腿麻了，麻感像泡沫一样，不管不顾地吹散开。那家伙有点儿凉，热胀冷缩。

现在，他略微见秃的脑壳抵住吊顶的铝塑板。视野非常开阔，左右两侧卫生间的风光一览无遗，但没有看头，更无看兴。马桶开始颤动，隐然有开裂的吱吱声，他赶紧把裤头往上一拽，纵身跳了下来。衣兜里的手机，啪嗒摔出了门缝。

黄迪憎恶马桶，他想念蹲厕。

在天桥贴了二十块钱的钢化膜，手机看起来无碍。他打电话给华姐，顺手再抽起一根。如果不是手机摔了，他没想到要打给她，他想试试手机是否正常。黄迪非常确定手机没有一点儿问题，正如他非常之肯定，一口气喝不超过五升的自来水不会腹泻，用虎牙揭掉瓶盖不会损害牙釉质，北京暴雨以下无须撑伞，涮牛肉不论部位一律不能超过三秒。他的自信，综合了经验之谈、真伪错杂的手机资讯和一股急需他人称赞的渴望。黄迪之所以想拨出这个电话，不过是因为他很久没有动用手机的该项功能。最开始，黄迪并不知道要打给谁。腿麻的后劲上来，两条腿根本不敢动弹，他贴在这家商场二层卡其色的瓷砖墙上，感觉自己很多余。后背很凉，而他过分静态。肉身被自己的局部死死地钳住，鬼压床时，黄迪也有这种与自我抗衡败北后荒唐的无力感。

谁会在星期三上午十点半，情愿接受他无故的打扰？或者说，在星期三上午十点半，他敢无故去打扰谁？黄迪的眼睛在通信录里游弋了两轮后，不无失望地拨通了华姐的号码。

手机里的声音非常嘈杂，他一度以为真是听筒坏掉了。

“黄迪，有事？”

她从来都喊他的全名，在记忆中，华姐从未赋予他其他任何称谓。“黄迪，帮我将扫把拿来，我要打断你的腿。”“黄迪，刚有同学来找你，女的，没出声我还以为是小哥仔。”“你自己温点儿饭吃，我今天累到了，听到没黄迪，再打游戏信不信我把电脑当了。”“黄迪，你今晚还过他那里住吗？干脆搬过去得了，在这里挡手挡脚。”

黄迪去同学家，听到别人家长叫同学的乳名，或者宝贝、乖乖、囡囡，他就满脸不屑，但心底温温的，他原以为这种情况只出现在港台的电视剧里。同学去到他家，倒是很羡慕地说：“黄迪，你妈把你当大人。”

此刻的黄迪一点儿事都没有，所以他问：“你那边怎么那么吵？”

“你说呢？”是华姐的口气。

“都不用上班啦？华姐，生意不错啊。”

“汇丰苑”是老家小城的老字号酒楼，华姐在里头当领班，年头摆着，餐饮部经理也客客气气叫她一声“华姐”。华姐一头齐耳短发，几年前开始染黑，搭上酒楼配发的白衬衫、黑套装、对讲机，干练得很。“汇丰苑”的熟客，不管老幼男女，操着一口广府粤语，也都管她叫“华姐”。“华姐早啊。”“华姐真是越来越靓了，哪里焗的油，精神喔。”“华姐今日菜不够味儿喔，换大厨啦？”“华姐，还有位冇？”

“就是‘非典’那阵，照样生意兴隆。早茶、中饭、下午茶、晚饭、晚茶，吃吃喝喝、说说笑笑一天过，羡慕吗？”

“羡慕羡慕。”

“羡慕就回来，北京有什么好？”

“不好不好。”

“你怎么不用上班？”

“在上在上。挂了啊，有空再聊。记得偷闲，又不是自家的生意。”

出了商场，冷风如刀，这倒春寒厉害。他现在去哪里呢？

昨天黄迪跟当班的副主编对骂了一战。一个说“你丫不想干了”，一个说“你丫别使绊儿，什么好处都留给小情人”。同事顾小蓉在旁边连拉带拽，想拿手掌捂实黄迪的嘴，嘴太宽，捂不严，该说的不该说的，全都哗啦泼了出来。那位跟副主编走得较近的女记者，埋在座位里，脸蛋热得滚烫，像一颗幼儿园过节时派发的红鸡蛋。

好在新闻期刊记者到底是个靠本事活命的行当，看不看领导的脸色，全看自己的脸色。本事在，不怕闹这一架。本事在，也不需要点卯。

二

黄迪去找姚凯薇。

现在是晚上七点一刻，七点一刻是黄迪觉得姚凯薇肯定在家的时间。他进到姚凯薇的职工宿舍楼，敲了三下，没见动静。黄迪刚才进小区时遇到了一点儿小波折，看门大爷以为他是房产中介，不放人。这老头儿眼光贼，黑西装、白衬衫、运动鞋，再踩一辆共享单车，是有点儿中介的味道。老头儿要去掏黄迪的兜，并未找到预想中的工作证，估计以前经常得手。黄迪并不生气，他解释良久，才让这位尽责又健忘的老头儿想起，四个月前他还是这里的住户。

黄迪现在想抽根烟，候着。捏捏烟盒，空空如也，居然忘了扔掉。把烟盒凑到鼻孔前深嗅一口，舒坦不少，然后一个顺手，将烟盒扔出窗外。烟盒在空中飘得很笨，茫然无措地飞。他决定到楼梯口走动走动，积累一下微信步数。黄迪觉得不会等上太长时间，他觉得自己简直不要太了解姚凯薇。

姚凯薇的宿舍楼是单位配发，一人一个三十平米的小开间，每月不到两千的房租，搁在北四环简直暴殄天物。黄迪以前有这里的钥匙，不但有钥匙，还有牙刷、浴巾、睡衣和一个单独的简易书架。四个月前，可以说很唐突地，姚凯薇让黄迪把书搬走，黄迪觉得这次不比以往，话痨姚凯薇很清淡地看着他，不说话。他偷偷摸摸地翻找，没能找到自己的牙刷、浴巾和睡衣。紧接着，他的钥匙就再也打不开大门的锁。黄迪真试过，弄不开，匙尖怎么也顶不进锁缝，跟姚凯薇一样决绝。

那枚钥匙，现在依然叮叮当当挂在黄迪的钥匙扣上。那些书倒都还健在，老战友了，搁在如今出租屋的书架上。半夜写文章，需要的时候，黄迪会抽出某本翻一翻，每一页纸上，都徘徊着让人安心的浓浓的烟草味儿。

在此之前，黄迪去看了一场很烂的国产喜剧片，正因为他知道这个电影很烂，豆瓣四分，所以他想一睹为快。阅过无数上乘的电影，他突然就想恶心恶心自己，意识到这个世界有多么糟糕和无耻，才能暗示自己并非一个彻底的废物和混蛋，至少不是唯一，于是，大可觍着脸苟活于世，英勇地写些没人比自己更清楚有多么不堪的滥俗文章，然后堂而皇之地印制、宣发、贩售，最终赚足读者的眼球和业界的掌声。他很轻松地达到了这个目的，还补了半小时的睡眠。他喜欢睡觉时伴有一点儿吵闹，行话叫“白噪声”。

之后黄迪走出影院，想找一辆共享单车。他跟共享单车打了一个多月的交道，没人比他更懂得它的性能、市场前景、社会背景和文化征候。新闻稿搁浅了，被当班的副主编丢在一边。单车现在也跟他作对，黄迪绕着商场兜了一圈儿，找到几辆，不是打不开锁，就是内胎像肠子一样给翻了出来，又或者链子脱落、加了私锁。小小的共享单车，折射出了当今国人的诸般怪现状，再熬一阵，文章就没有时效性了。“傻×领导！”黄迪硬是走了一站地，才在公交站边找到一辆完好的。开锁，骑上去，踩得很猛，不好骑，挪不快，又累又热，当风再骂一声：“傻×领导！”

黄迪到底跑去附近的杂货店要了一包烟，回到楼梯口，烟熏火燎地抽上。在他的脚边躺下第五根烟头的时候，姚凯薇悠然而至。

黄迪那时透过楼梯口的窗户，见到一辆奔驰 GLA 在楼下耍出一个漂移急停。蓝调版，骚气。他特意多瞥了两眼，便看见姚凯薇从副驾驶上跳下来。她随后把上身挂在驾驶座的窗框上，又是歪扭身子，又是挥手告别，整个人很动荡，看起来很喜庆。

当她在家门口撞见黄迪时，那种高兴迅速躲了起来，藏得好好的。她身着一件长款黑皮风衣，黄迪之前没见过。她的香水也改成了黄迪不熟悉的味道，黄迪不知是什么牌子，闻起来高高在上，跟她至少有十公分的高跟鞋很配。

姚凯薇还是把黄迪让进门。黄迪倒不客气，主动从鞋柜里拿出那双男士棉拖鞋，这双拖鞋倒是没给扔掉，做了充公处理。他吧嗒吧嗒直接奔向沙发，把自己甩上去，后背贴得紧紧的，像回了窝。他发现桌面上放着一簇粉紫色的满天星，花点玻璃纸拢着，拉菲绳打了一个漂亮的蝴蝶结。

“外人送的吧？你根本不喜欢花。”黄迪缩在柔软的棉绒沙发里，跷着腿，微眯双目，露出得意与失意交错的神色，很诡异。

姚凯薇把风衣抖开，擎上衣架，神色萧索。她拿出一个空糖果玻璃瓶，到厨房盛上大半瓶水，放到桌面上，解开花绳，玻璃纸发出稀里哗啦的响声，室内难得热闹起来。到这时，她终于说出第一句话：“吃饭？”

“哪敢饿着来，一碗羊杂汤，外加一个烧饼夹肉。”

“这分量，够你折腾一小时？再给你弄碗面吧，冰箱里有猪肉。”姚凯薇把花摆弄好以后，用手机拍了一张照片，再拍一张，显得不够满意，换了个角度，又来了几张。她开始在手机里调试相片。过了一会儿，她像记起什么似的看向黄迪，依然不响。

“不用，饱着呢。你饿啦？没好意思点太多菜？”黄迪越看那花越是来气，脱口而出，“奔驰哥还没发现你是一个大胃王吧？”

“说这些，你总是很有成就感吧？”姚凯薇怒而不发的时候，鼻子显得特别尖，像是开过刀、隆过鼻，且把手术刀的一翼落在了鼻头。黄迪觉得如果此刻他的手掌抚过去，能刺出亮亮的血。

以前黄迪给华姐放过姚凯薇的照片，像幻灯片一样跳着放。华姐的嘴扯得很长，说：“鼻子太尖了，拢不住财，还忘恩负义。”黄迪不爱听，也觉得可笑，说：“我就喜欢听你张嘴说瞎话。”华姐说：“我不管你，也管不住，总之劝你别太上心，不然受伤的必然是你。”华姐跟黄迪一样，莫名自信，或者应该反着说。再后来，真的跟老歌里唱的一样：“曾经的承诺，只像雨里的彩虹，我受伤的心真的好痛，为什么受伤的总是我？”黄迪在电话里跟华姐抱怨，说：“你咒得真好，谢谢啊。”华姐在手机里笑得很大声，黄迪一度以为是听筒出了问题。

“最近忙吗？”黄迪问道。

姚凯薇已经在厨房里忙起来，黄迪跟着走进去。他帮忙切肉，冻过的肉硬得像铁，刀刃开不了道。

姚凯薇并没有搭腔，她不知道这话里是否埋着陷阱。她很讨厌黄迪这一点，自以为是，自作聪明，最后自食其果。

黄迪见她不语，就自顾自地说了些近段时间的琐事，糟心的多。姚凯薇这才说了几句安慰的话，然后再谈谈自己的情况，也是在说黄迪：“我马马虎虎，一来不敢顶撞上司，二来每天早八点晚六点。没事也得干耗着，生气也得闷憋着。吃公家饭，乐得窝囊。”姚凯薇这话的语气，有点儿像黄迪，她也不知道是不是两年的同居害她染上了恶习。

砧板上的猪肉，溢出了一摊淡褐色的水。

三

趁着清明节，黄迪提前给自己放了几天假，够他利利落落回一趟家。他买了张清晨的机票，咬牙起个早，图个便宜。同一个办公室的顾小蓉知道后，说自己刚好九点要到机场接一个住美国的亲戚，可以顺道载一程。黄迪假装客气，说："算了吧。"顾小蓉说："那好吧。"黄迪不干了，说："你不能这么快就投降。"顾小蓉笑，说："以后别跟我来这套，腻了。你打算怎么感激我啊？"黄迪说："回来请你吃餐好的，老坛酸菜牛肉面，管热水。"顾小蓉说："不去了，多睡半小时，延缓衰老十五年。"黄迪求饶，说："请你看场电影吧，你挑，爱情动作片都可以。"顾小蓉要打人，黄迪忙说："不好意思，给口水呛掉了一个顿号。"

顾小蓉高不足一米六，重不过九十斤，纤小，皮肤白亮，颇具东洋风情。齐耳短发浓密，烫得笔直，染成淡淡的酒红色，彰显出新媒体人的干练。顾小蓉说过，她的皮肤晒不黑的，只会变红。当时黄迪也在场，一群女同事的表情，可以说非常的可观。

顾小蓉这样的人，一看就知道没挨过苦，所以再干练，也还是娇弱。两瓣屁股蛋子倒是鼓鼓囊囊，走过路过，男同事的眼神都爱往那儿瞟，这又让她的娇弱里流露出一丝性感。有同事说：“咱们单位的女同志里，除了凉白开，烈酒型的不少，北冰洋汽水也不少，就缺顾小蓉这样的，是武夷山的岩茶，得慢慢品，一泡二泡三泡，越呷越来感觉，妙了。”同事捅捅黄迪的手臂，问：“你意下如何？”黄迪抬头，看见顾小蓉正在远处看他，笑不露齿。他一本正经地回答：“我喜欢喝凉白开。”

顾小蓉的座驾是Smart Forfour，电动车，跟她的身形一样，十分小巧。加了粉色外壳，越发俏皮。两人坐下，比一般车子要来得紧密。黄迪最开始有些局促，几乎正襟危坐。顾小蓉见惯场面的样子，说这小家伙也是好不容易才摇上号，等汽油车中了，她还是打算换一辆SUV（运动型多用途车），以后有家庭有孩子，拖家带口的，还是大车方便。黄迪说她封建，浪费。“亏你还写什么狗屁节能环保的新闻稿。”黄迪这下放松了，又是了办公室里的黄迪。顾小蓉说：“骂得挺到位，大伙好像都觉得汽油车才货真价实，就像商业住宅和商品住宅，二者有着质的区别。”这一点，她从众。黄迪油然感叹道：“给我一个北京户口，我愿永远摇不上号。”

黄迪很不自然地看了一眼顾小蓉，在侧脸中，她的鼻子格外突出，是饱满的一弯弧形，不像姚凯薇，棱角分明，锐利无比，盛气凌人。

“你跟那个金融大鳄进展到哪一步了？”这段恋情，

单位的人都知道，那是一次采访促成的佳话。黄迪对顾小蓉的了解，也仅限于同事之间的口耳相传。根本来说，他并不八卦，他觉得八卦会损害一个人的感官功能，危害不亚于电磁辐射。

顾小蓉睨了他一眼，标志性的笑不露齿。黄迪好像意识到了什么，不无多余地补充说：“我是说要奔着结婚去呢，还是且行且嗨。咱共处一室也半年多了，你懂我的意思吧？”

“早掰了呀，小道消息传我耳里都两遍了。你对我怎么那么冷漠无情啊？”顾小蓉佯装生气，嗟叹不止。黄迪堆砌笑脸，展示两排被烟焦油熏黄的牙齿，说：“不好意思，最近有点儿自顾不暇，失察失敬。”

顾小蓉说：“老娘提出的分手，干脆利落，宛如新生。”黄迪鼓掌，做欢呼状。顾小蓉反问：“你跟那位美女公务员咧？”

黄迪一咬牙，说：“分个手，屁大点儿事。”

“也宛如新生？”

黄迪寻思了一会儿，说：“本来无一物，何处惹尘埃。”

两人皆笑。

顾小蓉后头另起一话：“我觉得你那共享单车的文案挺来劲的。好的地方我就不再赘述，毕竟你已经够自恋的了，不能助长这种不良之风。就有一点，我觉得你不妨再多考虑考虑潜在的风险，那些押金凑到一起，可是一笔不小的财产，怎么监测它们的动向，如何保障客户的财产安全，我看都可以深挖一下。你可以直接拿给主编嘛。”

黄迪一时无话，最后冒出一句：“一丘之貉。”

顾小蓉哈哈大笑，说：“你丫的还是你，不过在单位，我还是很看好你。”这句话的口气，很像以前的姚凯薇。

“当然了，也有可能是我看走眼。我看人，向来都不准的。”

黄迪的飞机晚点一小时。两人挑了家茶餐厅，相对而坐，都没吃早餐，各要了一杯美式咖啡，一块草莓芝士蛋糕分着吃。各尝了几口，都嚷嚷难吃死了，咖啡太寡淡，草莓馊了，芝士齁甜，当着人家服务员的面大呼上当。结果蛋糕剩了大半，咖啡喝不到一半，冷在那里。

待黄迪要进安检，顾小蓉还靠在座椅上玩儿“吃鸡”，仰头对了一眼，又耷拉下来，说：“我就不送你了啊，让人误会我的话，我还怎么嫁人。”黄迪说了声“我谢谢你啊”，钻进了人潮里。

黄迪很确定，顾小蓉此刻一定在打量他，她的目光主要逗留在他那并不挺拔的脊背上。他的脊椎因此有些僵硬，他蓄意把它挺得笔直，自己也意识到这样做有些犯傻。黄迪很想回头看一眼，好应验他的揣测。可直到过了安检，重新穿好外套、皮鞋，背上背包，手心攥紧纸质登机牌，他都没有回头。

四

华姐那个忙，“汇丰苑”金牌领班，好像上上下下都缺不得她这个老旦。

但多少年花谢花开，她还是一个领班，多少年，只闻楼梯响，经理的位子永远是老板的亲戚。黄迪说：“你那么卖命，到头来，没人把你当自己人。”华姐不听，不争，她说：“我对老板负责，更对客官负责，那么多年了，都处成了朋友，什么叫朋友？朋友就是互相离不了，离开了也能活，就是活得没滋味儿。”

经理西装革履，到大堂视察，再瘦的人也爱挤出双下巴，指手画脚，话是蹿天猴，嗖嗖的，却无关人世凉热。华姐同样指手画脚，但华姐的比画处处留有门道，三十六年，给贩夫走卒嚷骂，被达官贵人甩脸，吃亏上当受辱，脸不红来心不跳了，方成一代华姐。平日里，或耳提面命，或冲着对讲机发话，轻拢慢捻抹复挑，从此君王不早朝。声带里厚重的茧，也混成了原住民。医生没少劝，少说话。华姐不无得意地抱怨：“可能吗，没我这把声，酒楼还不乱了套？”所以她一边炖中药保守治疗，一边继续扯着公鸭嗓在酒楼里窜动。“基仔，赶紧拿双筷子给三号桌。”“阿芳，催下厨房，六号客人的鱼腩粥就要迟啦！”“峰哥，哇啊，好耐毋见，越发得意喔，来来里边坐，临街正数第二张，老位置，特登为你留着！”“喂喂，老陈，给刚进门的阿生加把 Baby 凳仔。”

别人放假她更忙，流水的打工仔打工妹，铁打的李桂华，华姐俨然“汇丰苑”的金字招牌。她沙哑的大嗓门穿堂过道，新来的客人多少觉得刺耳，但在老熟客看来，这绝对是一项保障。哪里都可饮茶，老酒楼味道不相上下，来你“汇丰苑”，不就是图这一丁点儿熟悉和安心，而华姐就是那粒定心丸。

这一切黄迪都懂，都看在了眼里，不过说与不说。不说，是一种理解，说，是为了尽孝。他得搞平衡。

已经21世纪了，黄迪回趟家还是不容易，时间万难地挤出来了，空间上还得多加折腾。在家，他只能抓住华姐仅有的空当，加塞一些共同的经历。像一起去菜市场买菜，给金鱼买饵，顺便为鱼缸添上一丛鹿角苔。菜贩、果贩、金鱼贩竟然都认得华姐，秤砣也不看了，全用眼睛细细摸索黄迪，说：“华姐，你的崽？真是一表人才，还在首都上班，京官来的，犀利犀利！”华姐春光满面，照单全收，剩着黄迪自己不好意思，直说：“没有没有，打工而已。”

华姐不排班的晚上，两人无事，列坐大厅沙发，一起把腿展到茶几上，把先前在电话里讲过的话，碾碎了铺平了，再说上两到三遍。他们都不是撒娇派，并无多少热络，无非家长里短，中间是冗长的静寂。最是舒服的，还就是了这份不会尴尬的静寂，以前没远走高飞的时候是这样，现在就算相隔千里，终于见上一次，也还这样。挪椅声、电视声、咳痰声、华姐犯困了将睡未睡的重喘声，统统惬意地在房间里自由穿梭，彼此相安无事。

华姐喜欢赶早市，天蒙蒙亮，趿拉一双布鞋出门，专拣农民挑担进城的鲜菜，健康、安全。在家千日好，鸡蛋是土鸡蛋，青菜是农家菜，肉据说也是山里的黑土猪。对黄迪来说，最关键的还是厕所。厕所是蹲厕，虽然书看久了两腿发麻，但脚踩地板砖，踏实，屁股怎么晃都不成问题，贵在干净。冲水阀坏了多年，按不出水，发挥聪明才智，用桶蓄着，拿瓢来舀，娘儿俩都不觉得不便。在黄迪看来，坐式马桶是人类最糟糕的发明之一，轻则滴溅，重则交叉感染，特别是公厕，千人蹭万人坐，多少霉菌、沙氏门菌、大肠杆菌、梅毒螺旋体、淋球菌，不敢多想，一想就头皮发麻，欲望皆无。所以在北京租房，黄迪没什么特殊要求，单一条，厕所须得是蹲厕。不多时，他就不得不放弃了自己的诉求。

华姐下班到家，累得惜字如金，直打瞌睡。黄迪也不言语，自己在电脑前敲字。手机骤然响起，黄迪一看，是黄德华打来的。且等一等，接起电话，那头先响声："回来了？"

黄迪调了一下声调，说："你又知道？"

"回来也不跟我说一声，还要你妈开金口。晚上过来吧，一家人都在。"黄迪想跟华姐交换一下眼色，只见她不停摆手，不知是让去还是不让。

黄迪于是说："今晚跟我妈约了饭。"

电话里那个声音依然刚烈，说："你们哪天都来得及嘛，今晚赏我个脸，你大姑和二叔也来。"

华姐这时发话了："去吧去吧，难得回一趟，过年也没见到。"黄迪思忖了片刻，答应下来。电话那头轻轻叹一口气，挂了，空余湍急的嘟嘟声如潮水般涌来。

南方的天感觉不够干脆，蓝得拖沓、浅薄，有所挂碍，总牵着四散的云，像年轻娇羞的后娘拖着一堆娃，终日睡眠不足的样子。北京的天是另一番气象，粗粝、明快，蓝得极深，像用力过猛，毫无保留，云也干练，肉是肉筋是筋，那头奉天承运，这边一下就慌掉了，跪下来不住地头点地。这是黄迪去了北京后发现的，不同地域的天，都有各自的脾性。

黄迪左手敲开那扇龙凤呈祥的红铜大门，他的右手提着一个果篮，华姐出门前硬塞过来的。论执拗，黄迪铁定随他妈。

黄迪到的时候其他人等已经到齐。除了亲戚，还有几位，应该是黄德华的同事，以黄德华现在的职位，不能再是他的领导了吧？大家见到黄迪，稀里哗啦地问好，黄迪听不全，抽几个肤浅的问题回答，答得也很肤浅，像在召开那种例行公事的记者会。黄德华和黄迪对视了一眼，互相躲开，黄迪抿了抿嘴，也不知是冷是热。

黄德华招呼大家赶紧落座，对身边的女人说："让两个小混蛋立马滚来吃饭。"两个小混蛋，龙凤胎，是身边的女人跟黄德华生下的种。女人叫姚莉，黄迪从来不管她叫妈。什么也不叫，略去，只点头。在保姆再三敦促下，两个小混蛋从复式楼的二层跑了下来，去抢桌上的鸡腿。他们都把黄迪视若无物。在黄德华的厉声谴责下，他们才心不甘情不愿地喊了一声哥哥，也不看人。那三角眼、肉鼻头、招风耳，像极了黄德华。黄迪没做进一步联想。

黄迪暗自沉默，但一点儿也不妨碍其他人因他而聊起北京。"北京菜偏咸，糙的，恨不得拿脸盆装菜。""二锅头烈，就一个'烈'，干吗不直接喝酒精？""北京人还看不起外地人，要不是首都，有什么牛气的？""北京冬天只有大白菜和白馒头，吃一口能噎死人那种。""找女人，还是南方的好，生活习惯相近，气性一样。""北京那烤鸭，浪得虚名，哪里比得上这边的烧鸭。"

黄迪的沉默一以贯之，把自己隐没在家具队伍里。但在家具队伍里，他也是个寒酸的例外。镶墙的博古架上盛满各类烟、酒、茶饼和瓷器文玩，流光溢彩，恨不能逼迫他自轻自贱。

高中以后，黄迪就不再管黄德华叫爸。他觉得这个年龄具备了充分的资格，以他自己喜欢的方式，以一个男人的身份，跟另一个男人打交道。

五

北京用漫天纷扬的杨絮迎接黄迪的归来。五年前，北京以一场扑簌簌的大雪迎接黄迪的到来。

五年前的黄迪跳上一辆出租车，车子一头扎进苍茫的大雪中。他那时让师傅把车绕着故宫兜上三圈儿。师傅问："您这是朝圣呢？北京故宫，紫禁城，又不是麦加的克尔白。"黄迪就笑，说："又不是不跳表，给你钱就是了。"到交钱时黄迪才惊觉，出租车是黑出租，一口价，不跳表。

黄迪到最后看什么都是白色的，他不知道这就是雪盲，他以为是眼睛水土不服，或者雪是黑雪，要把他的眼珠子搞瞎掉。

仲春，北京的颜色最丰富，百花争艳，杨柳吐絮，所有人都沾得满头满身。哪里都热闹，机场更是一年四季的热闹。黄迪一个人勒紧背包站在到达厅，身心七分空，三分颓。他这回选择坐机场大巴，便宜也不累。微信里顾小蓉来了消息，问说："到哪儿了？"黄迪冥思再三，回复说："在那没有户口的地方。”顾小蓉很快回：“不好笑。”黄迪不自觉地笑，说：“我想哭。”顾小蓉发来三个拥抱的表情，再说：“晚上给你接风洗尘。”黄迪心尖一热，却把字打成：“算了吧，哪能老让你请客。”稍许，顾小蓉的电话打了过来。

“这么不给面子？”

黄迪有些得意，嘴上这么说：“身子有点儿乏。”

“你到底是回家还是去泰国？”

“为了证明我是个纯爷们儿，今晚我请，你选地儿。”他的儿化音还是很干涩，很做作。

他们约在北太平庄一家比萨店碰头。顾小蓉梳了个半丸子头，新奇，黄迪夸说：“不算顶难看。”顾小蓉白一眼，说：“你想吃什么？”两人合计，来个小份夏威夷比萨、美式辣鸡翅、薯条加奶酪，再要两杯开水。开水也收费，一杯一块钱，恨得黄迪牙尖疼。

“再来个沙拉？”

“不爱吃草，在家里快吃吐了。”

“看出来了，吃荤的命。”顾小蓉一笑，卧蚕更加丰腴，眼睛迷离，并不真的看黄迪。黄迪突然有点儿乱，他感觉顾小蓉比以往要来得镇静。他其实看起来也很镇静，很不像往常。多日不见，如何拿捏这份距离，他有些生涩了。“你一点儿都不懂女人。”黄迪猛然想起姚凯薇曾戗过他的这句话。或许，真被她一语成谶。

“共享单车那文案，我发给老板看过，提了些无关痛痒的意见，然后准备下期发。”黄迪使劲地嚼比萨，两腮动如牛蛙，他需要一点儿伴奏音，“谢谢你的提议，我从命了。”

顾小蓉说下周要出趟差。“去法国，赶在福柯辞世三十周年，实地走访，做期关于他的文案。”

“哟，法兰西。”黄迪用湿纸巾擦嘴角，说，“咱单位何时那么大方了？”

“老板也去。回来给你带瓶香槟吧，你不是好这口吗？”

黄迪瞪大眼睛看顾小蓉，她的脸越看越窄，越看越陌生。他心想：几天不在北京，单位变天了？

单位不缺美女，各年龄段都有，数顾小蓉最不懂来事儿，所以大部分时候都被派去啃苦差。数九寒天到呼伦贝尔，调查达斡尔族牧民的生活现况。领导嘴上说，能力越大责任越大，把她顾小蓉当男劳力。其他姑娘，天天花枝招展，一年到头皆是清凉盛夏，说话又嗲又软，领导听了心里长毛，男同事们也愿效犬马之劳，最多在背地里骂人家狐狸精。黄迪不吃这套。

飞赴博鳌追踪论坛进程，与当红影视剧编剧兼知名作家进行深度访谈，这些名头响亮、内容光鲜的活动，通通由那些女同志包办。照片发在朋友圈，既像在度假，自己也像个业界精英。反观顾小蓉，雪天大漠里，十足走基层的州旗干部，浑身裹得严严实实，外头套一件军大衣，头顶狗皮帽子，拍大合影，分不清哪个是牧民，哪个是她顾小蓉。

顾小蓉人小嘴小，细嚼慢咽，像某种宠物店热销的松鼠或貂。一动嘴，两腮便显出两弯对称的酒窝。

“先去法国，跟福柯有关的地方都走一走。老板爱旅行嘛，我也喜欢，我都没去过法国呢。”黄迪有些耐不住，为什么不是他而是顾小蓉？他本科毕业论文研究的就是福柯思想中的性与爱，但他依然假装很感兴趣的样子，听着顾小蓉口若悬河。“然后去瑞典乌拉普大学，还有波兰的华沙，福柯讲学的地方，都逛一逛。法国签证下得快，‘申根国家’畅通无阻。不去白不去。”

黄迪托腮，静静地看她，直到她无话可说了，才笑说：“你认真起来像一头棕熊。”他没有说松鼠或貂，他自己也笑得很认真很无邪，认真无邪得不像他的笑。

推门离去时，天色全暗，入夜风更寒人，两人都哆哆嗦嗦的。黄迪开始抽烟，说差点儿憋坏了，深吸几口，不见烟从那窍里跑出来，估计已经坏掉。

“那，祝你一路平安吧！”黄迪帮顾小蓉打开车门，向顾小蓉举手致意。

顾小蓉照例翻出白眼，说：“回个家，至于吗？”她的眼里黑白分明，看样子最近睡眠很好，见不着一根血丝。

“我是说，去法国，France！”

“法”字黄迪念第四声。

六

他说他叫廖烨，廖凡的“廖”，火华“烨”，刘烨那个“烨”，一般人喜欢喊他“廖爷”。

“你就直接叫我名字吧。”

廖烨真人跟黄迪暗自设想的相貌大相径庭。飞机头，背肌发胀，皮肤棕黄，晒出来的，不够自然。看身段，不是健身教练也是撸铁狂魔，肌肉把海蓝衬衫和深灰西装裤撑得很局促，文明里透着野蛮。黄迪悄悄捏一把自己侧后方的肚腩，想：要凭空单抡，肯定干不过他。廖烨皮鞋锃亮，像刚从货架上取下，黄迪不忍去看自己的鞋面。

黄迪再度不请自来。姚凯薇并没有理会他发来的信息。他也不想打电话给她，因为不愿太自降身价。所以还是碰碰运气，她在家的话，就进屋里坐坐，扯扯闲天，顺便把从老家兜来的冰泉豆浆粉给她。她一直喜欢吃这玩意儿。真的是顺便，黄迪催眠自己。

他是在门口碰见廖烨的。黄迪很肯定，他率先泛起的情绪是愉悦。这说明这家伙还没有姚凯薇房门的钥匙。而他曾经拥有。

“你就是黄迪吧，听凯薇说起过你。”廖烨头一句话，布满了硝烟和战火，而他却该死地对黄迪笑。他的牙齿显然美白过度，失真。这样的人，怎么可能对另一个人真心相待？

“她回来还要些时间，到楼下来根烟？”黄迪厌恶廖烨的主人翁精神，这楼里楼外的情况，没人比他更熟悉。黄迪刻意压着声腔说：“就近去楼梯口吧，玻璃窗一推就开，透气，烟散得快。”

在楼梯口，两人倒算客气地交接了一根烟，并给对方点上火，像两位国家代表互相交接文件，再握手致意。

气氛没有黄迪预想的那么恶劣，廖烨把自己的肌肉保管得非常好，没有多余的手势，只有嘴角频频噘起，很快攒出两团白得失真、倒人胃口的唾沫团子。他后头说：“姚凯薇是挺磨人的哈。”这话像要把两人的距离拉近那么一点点，“但正因如此，才那么惹人喜爱。”然后，又把距离重重地推得很远。

黄迪抽了一口廖烨的烟，此前从未抽过这种款式，细细一根白条，薄荷味儿，味道不够浓厚，阴气太重，有种过分的节制，也像在过家家。

“我们的缘分源于艺术。”廖烨把调子起得很高，非常的阳春白雪。

他是做艺术品拍卖的。那段时间，他正在进行一个国外油画在国内的拍卖项目，活动场地需要相关部门审批，接待他的工作人员正是姚凯薇。拍卖会在手续上出了点儿问题，国外资方催得急，按正常程序走，很可能会耽误进程。廖烨于是向姚凯薇撒娇。他亲口说的，自己跟姚凯薇撒娇。然后，姚凯薇对他说："我想想办法吧，等我消息。"拍卖会最终如期进行，客户非常满意，大家都很满意。廖烨为表达感谢，邀请姚凯薇一起吃饭。他们去了一家别有洞天的小四合院，每天限量一桌的云南私房菜，院里还自带画廊。两人品菜，赏画儿，漫谈。一来二去，水壶沸腾，情感升温，都快。

"其实我看到她的第一眼，就已经爱上她了。注意，是爱，而不是喜欢。她后来说，她看到我的第二眼才爱上我，因为她绝不能让自己吃亏。"廖烨的笑越来越失真，像那牙齿和嘴角的唾沫，他甚至煞有介事地摇了摇头。黄迪现在相信这个男人会撒娇，他什么都干得出来。

"该这么说，你们的相遇源于一场交易，充满了金钱的铜臭味儿。"黄迪告诉自己，挺住，不能输。

廖烨耸耸肩，不惊扰，一副不置可否的样子。他确实已经胜券在握。黄迪的烟只在他的嘴唇上碰了碰，看样子不像很会抽烟，或者他根本看不上黄迪的烟，刚吸进去又吹出来，不过肺。

廖烨假正经的派头儿不改："我想让她搬到我那儿去住，主要是敞亮，这小房子太憋屈，两个人怎么待啊。你能想象吗？"

黄迪不说话，他开口只能讲脏话。

与姚凯薇初相识，黄迪刚在单位落脚，姚凯薇还在读研。为了写稿，黄迪办了张某高校图书馆的通行卡，每晚都泡在图书馆里阅览资料。通行卡按天计费，一天五块整。他总能在七楼的阅览室碰到一个扎了高马尾的姑娘，头发有些毛糙，有点儿发黄，总是低头，挨个去咬手指甲。她整个人看起来很洁净，哪怕连着几天都穿一件暗红格子衬衫，底下一条牛仔裤和一双白色运动鞋。他们总是最晚回去，黄迪是寻思把这五块钱的价值给榨干，姚凯薇则是赶着写毕业论文，再后来是忙于备战国考。经常闭馆音乐已经落下，同学都已散尽，在管理员的催促下，两人才匆匆忙忙收拾东西。几个来回，眼里有了印象，打起招呼来，后来便坐在了一起。再后来，离开图书馆也不分开，逛校园黑魆魆的运动场，只有两个人的眼珠子闪闪发亮，像某种城市里不存在的兽。或者就近找一间咖啡馆，接着聊聊人生和今晚的夜色。

姚凯薇开始勤换衣服，一天一件，颜色越发亮丽。黄迪多年不打理的头发，也开始喷起发蜡，每天在镜前停留的时间越来越长。姚凯薇很欣赏黄迪的职业，她说会写文章的男人，有种说不清的魅力，审视问题的角度和层面，跟一般人完全不一样。

“你能懂我。”

那时候姚凯薇还没说：“黄迪你根本就不懂女人。”

姚凯薇家在山西小县城，她想留北京，家里帮不上，喊她快回家结婚，各种二代都有得挑。黄迪给她打气，好好备考，咱们一起奋斗。他把咱们说得越来越气壮山河。到最后，两人离开图书馆，再也不能分开了。姚凯薇搬到黄迪的出租房，他们经常大晚上不睡觉，一起聊时政、电影、文学和谁比谁更爱对方多一点儿。他们最终极的问题，是如何让一个夜晚过得很慢又很快。这个问题很生活化，也很形而上。

黄迪和姚凯薇去过一趟北海公园，黄迪说："不来吧惦念，来了也没觉得怎么着。"姚凯薇说："北京不也这样，人活一世，就能例外？"黄迪说："你太悲观了，女人最好不要看得太破，容易活得累。"姚凯薇说："男人就能例外？咱都积极起来，过盲目一点儿的生活。"她后来提议去划船，说："小时候那歌里不就是这样唱的，细想想，还是做个孩子自在。"结果被管理员告知，早没了双人船，不挣钱。姚凯薇说："算了。"黄迪说："别，感受感受吧，再当一回孩子。"最后他们是跟一对外地来的中年夫妇凑了一条脚踏船。四个五音不全的人，共唱了一首不太着调的歌。

廖烨这时改抽起自己的细条烟，接着说："她希望你以后别再来烦她。谁没个过去，你别太沉溺，都得往前看。"廖烨的表情还是可恶的平静，波澜不惊却又旗开得胜。

黄迪心想：这是你的意思吧。又一转念，有差别吗？姚凯薇快要回来了，黄迪拘谨起来，脱口而出：“我该走了。”

“那个豆浆粉，你跟她说一声，我不爱喝，她倒是喜欢，扔了怪可惜。”

黄迪刚走出宿舍楼不远，听到轰隆一声，有东西摔落地面。空气里，很快飘荡起一阵甘甜的豆浆味儿。

七

黄迪跟黄德华联系还是靠手机短信，陈旧、迟缓、逐条收费，跟他们俩的关系一样。他几度无视了黄德华给他发来的微信好友申请。

父亲节这天，黄迪给黄德华发去一条短信，草稿是：祝父亲节快乐！别再给我打钱了，都不容易，我够用。酝酿良久，又把感叹号改成了句号，再把“都不容易，”删去。黄迪铆足劲，点下发送键。

黄德华应该是从华姐那里要来的卡号信息，不多不少，每月两千块钱。黄迪打量那条发出的短信，心里有些满意。父亲节到底是一个好节日。父亲，不说爸爸，有礼，更要有节。

顾小蓉打来了电话，说人到戴高乐机场了，过一会儿就要登机。是返程。顾小蓉说，只有极少数人能够看到她这些天发的照片，她屏蔽了几乎所有人。黄迪不在几乎之列。

顾小蓉还说："香槟给你买好了，还带了个神秘礼物。"

黄迪嘴上说哟呵，心想：坏了，到底该准备什么回礼好呢？黄迪急中瞎问："话费贵吗？"顾小蓉咯咯大笑，说："傻孩子，单位报销。"

黄迪啊啊哦哦了半天，终究无话，扔下一句："祝你一路平安。"

晚上黄迪一人在家待不住，今晚怎么也写不进去东西，心思就跟窗外的杨絮一样，飘飘然，漫无目的地乱荡。在三十五平米的出租房里转了十好几圈儿后，黄迪出了门。嘴角咬着烟屁股，绕着小区跑圈儿，跑到自己的肺叶痒酥酥的，一个劲儿地咳嗽。消停了。

八

鸿运扇吱呦吱呦转，导风轮出了问题，转得吃力不讨好，暖气送暖风。不少住户已经开始用上空调，黄迪愿意再等等。往美了说，叫吃苦耐劳；往坏了讲，就是一毛不拔。不管哪一样，铁定都随华姐。空调外机的运转声，在砖混结构的旧房里听得格外分明，分明的还有隔壁房屋里的吐痰、哈欠、笑骂、啼哭。夜越深，声音越详细，动听的、不堪的，齐活儿了。

顾小蓉顺走了一把香榭丽舍大街的浪漫，翩翩然返京。头一天来上班，她梳了个公主头，上身一件蝙蝠袖刺绣白衬衣，蝴蝶和海棠拥簇在两边的袖口，下身是重新流行起来的九分牛仔喇叭裤，脚上是一双纯白板鞋。人人惊艳侧目，矮小的顾小蓉，越发像个刚刚开蒙的青春期少女。

黄迪正式把健身计划搬入现实。他每天跑步上下班，还办了一张游泳年卡，痛下心请了一个教练。黄迪从小在河边长大，在他很小的时候，黄德华就带他到江里游泳，但他怎么也学不会，总呛水，黄德华就骂他，骂得很难听。有时候黄德华会突然撒手，让黄迪自己在深水里载浮载沉，他感觉自己随时会死掉，索性放弃挣扎，反倒浮了起来。他不无失望。那之后，黄迪再也没下过水。

顾小蓉给他的礼物是一双牛皮德比鞋。

顾小蓉当时看着黄迪脚下的崭新皮鞋，说："哎呀，怎么想到一处去了，早知道提前跟你说一声。"黄迪红着脸，连声称谢，说："多一双好啊，轮着来。"顾小蓉让他试试。黄迪印象中只有两个人知道他的脚码，一个是华姐，一个是姚凯薇。他把鞋子穿在脚上，跳一跳，来回走动，顾小蓉夸倍儿帅。尺码很合适，就是两侧有些挤，新鞋嘛。黄迪说："非常合适，忒舒服啦。"他还是红着脸。

关于福柯的文章发出来了，作者只有顾小蓉。黄迪点燃一根烟，倚在办公室的转椅上，一口气给它看完了。等他反应过来，烟蒂上已经结满燕麦状的灰末。顾小蓉现在不在办公室，她喜欢串门，爱听八卦。

在家里，黄迪的手机三举三落，到底拨了过去。他到这儿才意识到，之前他从未在非工作时间，主动联系过顾小蓉。拨号音嘟了很长时间，电话终于接通。黄迪说："那个，我看了你的文章，主编派你去，不得不说，姜还是老的辣。"

"说谁是姜，你把话讲清楚。"电话里，顾小蓉在咯咯地笑。

黄迪的心一直在哐当哐当跳，像一颗篮球，感觉随时会脱离他的掌控飞出去，砸坏别人家的窗玻璃。他最后说的是："明天趁天好，一起去北海公园走走呗。"他咽下一口漫长的唾液，感觉声音很笨重。他怀疑顾小蓉也听见了刚才唾液挤过喉结时的响动。

顾小蓉那厢，缄默半晌，如同抽空。黄迪说："喂喂喂，能听见吗？"情绪已跌落谷底，心想：完了，北海公园，多么老土的提议啊。

顾小蓉突然扑哧笑开，笑得很欢脱，声音扎过来，不疼，就是害得两只耳朵都痒痒的。黄迪兀自尴尬，脸非常烫，一个牛排拍上去，估计能煎得七分熟。他蓄意尖着嗓门喊："别神经啦！"

顾小蓉这下急不得了，徐徐道来。小时候父亲到北京出差，带她去过一回北海，留下一张照片，就在永安桥，她挂在父亲的脖子上，远处是北海白塔，非常经典。也就小学三四年级吧，之后再没机会去过。

这天晚上黄迪睡不安生，脚底板都是汗，捅开褥子，让脚板自由呼吸。他在床上摆弄出各种造型，床板响了一宿。后半夜，黄迪干脆爬起，人倚在床靠上冥想。

他不知道自己正保持着一抹旗开得胜的微笑。

很意外地，黄迪突然想到了华姐。华姐还没来过北京。除了《女人花》和《上海滩》，她还会不会唱别的歌，比如那首脍炙人口的儿歌？她愿不愿意抽个空，跟他一起荡起双桨？在北京或者世界上的任何一个地方，任何一个温暖的湖面上。

华姐，今晚你睡得好吗？

黑　海

家里的老人说，蹚过屋前这座山，走一段时候，再蹚一座，蹚过第三座以后，就到头儿了。

刚懂事的李军问："到头儿是什么意思？"

老人说："海，望不到边的海，海就是边。鱼靠鳃跑气，可以翻江倒海，人用鼻孔呼吸，鼻孔堵住了，嘴巴还能对付，都堵上就得涅槃啦。你说，海可不就是头儿了。"

李军捏住鼻子闭紧嘴，憋了一会儿，喘着气说："原来，这就是到头儿的感觉啊。"

李军后来没有向着山的方向去，而是走了平地，坐一个白天的班车，再睡一天一宿的火车，辗转到了北京城下。过程很平顺，乏是体能过剩的乏，进山刮半天松油的累，比这乏难耐得多。所以李军来北京，是想过过乏的日子。李军前年结婚了，觉得女人跟自己贴合，他们都爱笑，不愿讲话，都是坐火车来的北京，也还没看过地的尽头海的边。

从北京到大沽口，不劳翻山，坐车半天就能看到渤海湾的海平面。但李军早就知道，海的尽头是新的大陆，五百多年前的哥伦布早就发现了，甚至两千多年前的徐福和三千童男童女就已经发现了，所以老人的“到头儿”论是非常可笑的。李军没有办法去证明它的可笑，但历史上有人给论证过，论证过的就是真理。李军当然相信真理，真理或许来自远方，就是不可能来自老家的那批老人。眼下老人们去的去、朽的朽，李军对此只有同情。

媳妇当然想去看海，但她的“看”有点儿野心，她心仪的海在一个叫“火奴鲁鲁”的地方，也称“檀香山”。她是在旅行社搞促销送的新年挂历里见到的。火奴鲁鲁海滩是七月份的那幅图，她的生日在七月的尾巴。

媳妇叫美珍，羊大为美的“美”，珍爱一生的“珍”。

家里开始不大同意两人的婚事，因为美珍属羊，还比李军长两岁，电话里都让李军三思而后行，但后来就管不着了。李军对美珍说：“自古只有北京管地方，还没见过弹丸小的地方叫板京城里的人。”

李军后来查了一下火奴鲁鲁的位置，他在摊开的世界地图上找了好些时候，终于给揪了出来。当时他对自己说：“亲娘哟，还真有世界的尽头。”

美珍说：“国内的海，据说污染得厉害，咬咬牙，都能去，寻个远些的，奔头嘛。”

火奴鲁鲁隶属夏威夷群岛，夏威夷群岛又是美国的一个州。李军向右看看美国本土，又向左瞥瞥太平洋里的夏威夷。从此，他觉得自己对所谓的霸权理解得更深刻也更具体了。

李军自己的生活，倒一直过得挺浅的，或说影影绰绰。像戴了个潜水的泳镜，内热外寒，于是起着雾，看人看事，都不利索。

去年赶在春节前，李军入手了一辆二手的长安悦翔。在廊坊托人购得当地牌照，顺带买的车，安了个 GPS，入夜后在北京城里东奔西突，是要自主创业。李军在中央后视镜上缠了一根放红光的 LED 灯管，夜里开关一按，外边就知道是拉活儿的，虚位以待。他对外人说，赚点儿加油钱，但美珍知道，其实是活命钱。

李军弄了个酒局，找过来人给自己盘道儿。老师傅说："四环内只要没特急的事儿，基本没人打咱的车，除非天气极差，或者人群扎堆。最后落兜里，一个月四千左右，干得狠的能上万。外地牌照早七点到九点，晚五点到七点，不让进五环，碰上城管的人通常罚三千，交管局的罚一万，要是不巧遇上派出所的，那就得备好一点儿衣物，进去蹲几天也不是没可能。但最要提防的，不是这些当差的，而是出租车师傅，你嘴里叼着人家的肉，别人可不吃斋念佛，有的是办法收拾你，最后让你吐出来还得倒贴上。"李军在心里记下，喊服务员过来，再添两瓶 52 度浓香的"牛二"，顺带把账结了。

出租车不常跑的地界，客流量大的地方，李军都去过，像北京南站、北京站，还有四惠、物资学院等地铁站的出入口，甚至远到亦庄、土桥一带。为了躲开电子监控，很多来趴活儿的，都用光盘、报纸、宣传广告单遮挡车牌，后备厢再一掀开，尾端的也见不着了。李军有样学样，到底正经人，心里舒坦得很有分寸。

最初不通晓门路，好说歹说，把客人牵上车，倒车时才发现别人的车头堵死了去路，敲过几回喇叭，那头儿车子纹丝不动，也在鸣笛，像是拉歌。李军这算明白了，是动到了别人餐盘里的肉。再去咨询老师傅，说是聚义厅里有座次，你得上供一些小恩小惠，一个月就一两百，有话没话，都得跟人好好说，是求人家接纳，没到比横的份儿上。

李军说："上回怎么不提这茬儿？"

老师傅这下子咯咯笑，两楂浓眉让笑给竖起来了，说："吃酒吃醉了，哪知道讲到天南还是海北。"

两张红钞攥在李军的手窝里，掂了又掂，越发觉得厚重。思前想后，还是舍不得随这份子钱。干脆扫活儿，东一钉西一耙，不让趴的地儿，一蹬油门完事。

如今，他给自己摸索出了一片处女地，在管庄。四周多是待拆迁的老平房，有那么几栋新楼耸立着，地铁口说远不远，就是有点儿荒，正是需要代步工具的地方。地段还好，挨在五环外，李军就感觉自己少了两成畏缩。他堵的是上下班高峰期和晚归的住户，供需平衡，互惠互利，李军日渐觉得自己名正言顺。

李军眼下锤打出了好目力，基本扫上一眼，就能认出谁是要坐车的，谁是犹豫着需要补上一锹撂定话的，哪位又是宁可迈腿也绝不上钩的。最好是脸上三分急，买卖就百分百了。李军绝不肆意吆喝、勉强拉客，脸皮薄是一回事，适得其反是根本。李军报的价格厚道，比出租少个块八毛，知足常乐，薄利多销，嘴巴再甜一点儿，争取争取回头客。

李军美中不足的是嘴皮子，倒不是遣词造句的问题。单田芳和袁阔成一直在音响里悬河泻水，李军闲时听上一段，忙了就当背景音。他是在锻炼自己的语感语调，他想学成一口顺溜的北京话。有回李军拉客，那人半拉身子都进车了又跳出来，说："听你口音，不是北京人，坐你车，怕被拐到黔东南去。"

从那以后，李军有工夫就听评书，模仿几遍，录下，再反复比对，一点点矫正，不比考公务员容易。难在平翘舌，更难在平翘舌的那股气息，没有这道气，就僵硬、乏味、断裂，最后说来说去，南腔北调全跑出来了。这时千万不能害臊，接着说，否则武功尽废，话都抡不圆。老话讲得在理，守得云开见月明。李军现在讲话，能糊弄外地人。

自打盘算要个孩子，李军就不再抽烟了，一时闲不住嘴，改啃毛豆，每天到路边小馆选一把毛豆搁车里。往后只要李军的长安车开过来，店老板就晓得是来要半斤毛豆，且得挑煮烂一点儿的。李军好这口，刚放嘴里就开裂，连汤带水一起吸溜进来，咸得人激灵，大半夜开车也不犯困。

入了冬，李军就在盼着雪。雪天夜里揽客，出租车少，甲方成了乙方，都是急客，不劳口舌。李军车开得小心，不到三十迈，宁停三分，不争一秒。那天晚上李军连着送了四位客人，第五位也是积极招手，上了后排。天正融雪，冷得他直哆嗦，说去公主坟。汽车一路奔西走，快到公主坟了，这人又改口说到八宝山，到了八宝山，才说去首钢，真不换了。

李军说："兄弟，你得加钱啊。"

乘客说："加加，我先给您一百，不用找了。"

李军说："找鬼啊，还得往上添。"

乘客说："哥，好说好说，兜里有钱，哥你最实在了。"

李军起了警惕，大晚上东摇西摆，乱枪打鸟，车是越跑越偏，路上没有人影，一杆杆暗黄的路灯杵着，闷闷地照得人焦虑。他把所有微信群组的静音都取消，好让手机热闹一点儿。他开始冲着手机跟人聊天，报上行程，满嘴的脏话，是给自己壮胆，也想灭他人的气焰。其实那是个僵尸账号，李军自己把戏演得足。

李军听跑黑活儿的伙计说过，有些犯罪分子专门对黑车司机下手，就谅你们不敢报案，轻则敲诈勒索，重则动了杀心，所以太生疏的地方不走，该喊救兵的时候，千万别因小失大。毛豆早就吃完了，李军感觉自己的舌头依然咸得发涩。

李军把车靠到路边，亮开车内照明，扭头说："不能再走了，家里老婆孩子都等着，再说，空车回去一趟，亏得肉疼。"后排的乘客裹着一身黑羽绒，脸膛同样埋没在暗影里，小灯根本照不透。他说："哥，不然你等等我，我到时再坐你的车回去呗。放心，痛快的，我就去那儿望几眼，拍个照。"

李军放大音量说："你到底要做什么？"

乘客说："我是好人啊。"

李军说："你给我下车，你看你答的哪边话，你不走我就报警了啊。"

乘客愣了几秒，李军感觉空白的时间有几分钟那么长。他到底还是下车了。小伙最后伏在车窗上说了一句："哥啊，你怎么就不信任人呢？"他说的是"人"，而不是"我"。

李军终于看清了他的脸。一张很难记住的小伙的脸，报案都无从下嘴。只知道是深色的，比铜黄的路灯还要发褐，脸蛋表层藏着很多坑洼，像雕镂的窗棂，粗粗洗一把脸，肯定够不着那些凹陷里的油垢。难以让人亲近的一张脸。

小伙现在独自往前走去，双手环抱上身，黑乎乎一团，像是一头跟族群走散的羚牛，在亮黄色的雪地上不断缩远。

在他的身后，吹飘起几绺从大针码的布缝里逸出的羽绒，似乎天空又旋起了雪。

“那么夜了，去首钢做什么？再说，工厂都搬到曹妃甸去了，在唐山。”李军把车开上去，轮胎窝在雪地里，吱嘎吱嘎地叫，沿途滋出几道黑的白、白的黑。李军让自己重新与小伙持平。小伙不扭头，回说：“我当然知道。”他的脸上，同样黑的白、白的黑。李军默了半分钟，摁了喇叭，朝他招了招手。

小伙重新坐回车里，改在副驾驶。冷风没能扇掉他身上的油臭味儿，依然劣劣地膻着。他说自己叫原野，山西人。李军现在还知道他比自己小了足七岁。原野自称以前是跑运输的，运煤，跟老乡一起，把煤从山西的深沟里运往黄骅港。后来没人带路了，自己闯，路上能扒脱几层皮。而且现在都改跑火车，吨量大，走直道还提速，干不赢，所以干脆漂北京，一人吃饱，全家不饿。

李军说：“那你总见过海吧。”

原野说：“没见过，没这闲情，而且海不就是一池子水吗？”

李军摆谱道：“天有五黄六月，地有五颜六色，江河湖海，总有它自己的说头。没见过就没有发言权，还都是人呢，不也有个士农工商？”

原野不答，递起了烟条，说：“谢哥信任啊。”

李军不抽，表示戒了，想要个孩子，冲刺阶段。

原野说："二胎？"

李军说："罚不起，还没当过爹。"

原野问："那刚才你还说一家老小？"李军就笑了，原野也跟着笑了，口水在口腔里跳。

原野说："怎么说，哥你都是好人。"他把自己嘴里的烟条子也放了回去，说："二手烟不好，再来怕哥你把持不住，复吸，都白瞎了。"

"为什么大晚上要去首钢？"问的还是老问题。

原野哎呀哎呀的，好像着急，又像不适，屁股挪了几处。他开始说来，儿时那会儿，父亲带他，跑了一趟首钢，热火朝天地运煤。父亲也在矿上干活儿，年轻时候出去跑车，后来下井采矿，是越活越不要命。

那段行程，原野觉得很充实，充实所以美好，一直就记到了现在。沿途，父亲照例骂他，破口大骂，赏他脑壳四个指关节。过马路骂他不看来车，撒尿骂他跑忒远，怕个屌被看歪了？吃饭骂他第一口不等自己先动筷。如此这般，到底还是充实的，有意思的。原野从没去过那么远的地方，一路都是灰扑扑的山和天，岩石凌厉，江水浊黄，慢慢地，天地竟就朗阔起来，平直的地平线，也是若隐若现的灰，夜里有灯，从最开始的一盏两盏，到一片两片摊在远地，到最后哪里都有了光，不同的颜色，不同的形状，不同的眼花缭乱。

在钢铁厂的集体澡堂里，原野跟父亲一起搓澡。洗澡水烫得人舒服，烫得人欲仙欲死，他的皮肤红而辣，他恨不得让父亲剥了他的皮。下午，他们在一个地下室要了个钟点房，也就打盹儿了半小时，房间里没有电视，都跑去大堂，人群挤着坐，或者挤着站，围拢那台黑皮的松下彩电。原野忘不掉，那天是1990年9月22日，北京亚运会的开幕式。更细一点儿，他记得盼盼，那只像人一样立起来的熊猫，吉祥物来的。还有韦唯和刘欢合唱的《亚洲雄风》，按现在的话讲，旋律非常上脑。看完开幕式，他们就得马上动身，披星戴月地，从彩色的光影里挣脱出来，一路向西，回到那个灰黑交杂的世界。原野当时在车里哼起《亚洲雄风》，那些斑斓和喧嚣似乎并未散去，海市蜃楼一般。父亲不说话，估计听得入心，险些把车开下山沟。

原野说，首钢要搬迁，他也要回老家了，混不下去了，想说临行前来看一次，拍几张照片回去，问问老头子还记不记得这个地方。他估计是不会记得的，至少不会记得那一天，或者记得那一天，但不记得那天除了开幕式以外，其他的人事情物，比如一池黑沉沉热得能烫脱皮的洗澡水，雾蒙蒙的都找不着人。

原野的火车是在凌晨六点。原野也说，他的临时起意，来得有点儿晚，但晚得不过分，毕竟还碰上了军哥，军哥是仗义人。是李军对他说的，喊哥太腻，咱不兴这个，带个字，就叫“军哥”吧。

车到门前，栏杆横着，响了喇叭，岗亭里的保安打着瞌睡，估计给吵醒后有点儿火气，让他们滚。

原野说：“算了，我下车走走看。”李军熄了火，说：“我干坐着，容易长疮，也去活动活动。”于是他们一起绕着老首钢走，感觉怎么也兜不成圈儿，直到发现围栏上的一处破绽，然后刀一样刺进去，接着乌漆墨黑地走。他们的身体开始发烫，不冷了，风吹雪落，都觉得体内不寒，精神百倍，仿佛泡在沸腾的澡堂里。

原野到底点了一根烟，烟气跑到空旷的天地间。他说，自己后来在北京，开了家刀削面小馆，店里净是苍蝇，不见来人。原野笑说：“我自己都觉得不好吃，怎么吃都有股煤渣味儿。现在城里不是要升级嘛，我自己都觉得我该被淘汰，达尔文不是讲优胜劣汰嘛，就跟小煤窑一样，捣了好，该绿色绿色，该蓝天蓝天，省得互相嫌弃，没完没了了。剩了点儿钱，放银行里寒碜，过不了几天又得取，不如花点儿力气，折腾干净，回头釜底抽薪，没准儿真就逆了财运。”

他们适应了浓重的夜色，夜色便馈以几座耸立的凉水塔。塔在空中，有些笨拙，原野指着庞然大物，说老家那边也有这玩意儿，发电用的。

他们到底没找着那个澡堂子。原野拍下的照片一点儿也不清晰，闪光灯也无济于事。到最后，原野有些怀疑，当年自己跟父亲来的地方，究竟是不是首钢。那会儿北京的钢铁厂，应该多得像根连根的树，像故乡雁北那些树根般盘绕交错的矿井。

他们开始一同放歌：“我们亚洲，江山多俊秀。我们亚洲，物产也富有。我们亚洲，人民最勤劳。我们亚洲，健儿更风流。”他们感觉自己成了韦唯，也成了刘欢。这时候的李军，彻底忘了夏威夷属于美国那档子事。保安闻声赶到，两人索性开跑，像风赶着报纸在稀里哗啦地飞。他们边跑边唱，身体依然热得发烫，烫起来很舒服，李军有些理解了原野之前说的那种欲仙欲死。

李军和原野后来寻了一家路边摊，要了两碟毛豆、烤串若干和半打青岛。李军要开车，都是原野在买醉。路边摊也收摊后，他们又回到长安车上，坐在后排，松松垮垮，边吃边聊。原野被拍醒的时候，人已经到了火车站。

原野后来寄了不少家乡特产给李军。第一次寄了好几样红枣，汉唐、天骄红、黄河滩，说是对气血好，利于备战生娃。第二次是上党党参和老陈醋。第三次，又过了半年有余，天已入伏，原野抱着两瓶杏花村，把自己给捎来了。

美珍烧了四荤两素，家宴伺候。鸿运扇呼呼转着，依然都溅出雨点儿大的汗，吃喝得非常热烈。

李军不介意满嘴的菜，讲解道：“你嫂子现在做盲人按摩，眼下人都喜欢揉揉捏捏，养生。”

原野皱眉噘嘴，说：“嫂子一对上好的眉目，哪里来的盲。”

李军呷了一口酒，笑说：“不是真瞎，噱头得有。另外，手法好，目无全牛听过没，穴位和劲道全在指尖那一小弧，凭的是肌肉和关节记忆，可不就盲人按摩了。”

美珍插一句：“的确盲，文盲嘛。”

三人都乐了，“干杯干杯”地喊。

美珍说：“当年你哥跟老乡一起出来闯世界，在江里泡发的，自称‘混江龙’，在海洋世界的冲浪馆谋了份救生员的工作。岸边坐一天，屁事没有，头发还硬着，尽看美女的奶子大腿去了，把他大饱眼福的。”

李军摇头笑，说他们俩的感情，因海结缘。

美珍以前是海洋馆的表演员，搭档是一条白鲸，隔着透明的玻璃墙看，人鲸交互，在水中滑翔、舞动，如仙似幻。换班的时候，他就总跑去看美珍的表演，有时还挤到后台，想办法跟她套个近乎。

李军嘴笨，干着急，他说：“我也不知道她后来看上我哪一点。”

美珍说：“就图你嘴笨，人长得精神，感觉跟你过，心里不硌硬，还靠得住。”

原野一侧牙齿咬菜，腾出另一侧的牙口说：“真的，军哥真男人，真的好男人。”

后来海洋世界一个老板的远亲前来投靠，就把李军给替下了。也是那时候，美珍答应跟他一起过。所以李军总说，他们是共过患难的，不娶她，天理难容。没过多久，海洋世界垮了，美珍跟着下岗。老板跑路，还欠着两个月的工钱。

“说来惭愧，当年靠海吃饭，结果到今天，还没见过一眼真正的海。”美珍翻出那幅挂历，铺开那片火奴鲁鲁的海滩。她的手心轻抚着平面二维的沙滩，柔滑，透亮。美珍接着说：“大海就该有大海的样子，之前那些个，紧巴得憋屈，海洋小作坊罢了。”

那天李军和原野又开车去了首钢。须凭票参观，都觉得没这个必要，接着围着转圈儿，也能看到一些物事。上回那个豁口已经给封上，像一块补丁，看起来碍眼又无坚不摧。他们不禁笑起来，像完成了一个恶作剧。

“据说首钢旧址要弄成一个什么动漫城，反正怎么花里胡哨怎么来。”原野说，“也好，也好，不要那么沉重，公众号里讲，全民娱乐嘛。”

两人闲走，曲曲折折，挪到了附近的莲石湖。湖上正起雾，清浅淡薄，待日头一出，雾气冲散，散得有些慌不择路。

原野告诉李军，这趟回家，把爹响响亮亮地送往了西天，这结果，注定的。

李军问：“害的什么病？”

原野说："不用查，矿上的工人，都是尘肺病。所以我不接他的班，好死不如赖活着。底下还有一个弟弟，人磁锤，没出息，也总得给个人顾家，就留在了矿上，代父出征，还是一线下井。弟弟老早在一个寸草不生的山村里讨了媳妇，女人肚子不争气，三年不开张，父亲死的时候没合眼，八成是这事碍的。其实只要敢豁出去，到矿上，没遇上瓦斯爆炸、地下溃水、放炮崩人，躲得过别人的黑锹——在国营矿井要好些——没染上尘肺病、滑囊炎，工资不延发，收入还是比较可观的，毕竟是拿命做赌，没有金钱的诱惑，更没人钻那黑魆魆的地洞。我弟寻思挣够了本，出去开一家重在管饱的餐饮店，就开在运煤车必经之路的马路牙子边，不用提心吊胆，也不愁日光漫长。我也觉得这是条长久的营生，可惜人作孽，后头被工友带着染了赌瘾，再后来他娘的还染了毒瘾，走路都哆嗦，来钱缺口越来越大，竟敢伙同他人，卸了几台井下电气设备拿去当。等再作案的时候，给一队保安逮住了，扭送派出所，途中遭人黑了几拳几脚，把一边的肾踢得稀烂。眼下人还在看守所里蹲住，也是命该如此，权当戒毒思过。"

莲石湖的草，拉杂散漫，或人工栽植，或野蛮生长，像爬着癞疮，囿于形制，人的视野没法放得长远，磕磕绊绊，性子急的，估计会蹿出一点儿无名的恼。李军现在不看湖，两眼把守着原野昏沉的脸。到现在他也不敢打包票，自己一定能从人堆里迅速识出原野来。原野的眼白透黄，浮着血丝，盘根错节，两边高度对称。

李军问：“以后有想法没？”

原野幽幽一声叹，说：“双亲都走了，就没得牵挂，不想在老家那边讨媳妇，牙齿黄，肺片黑，不懂打扮，二十年来衣服款式就没改过样儿，到底是大城市的姑娘养眼，至少看着爽净，心里跟着爽快。”原野奋力挠头，发梢疏矮，头皮灰蓝，嘻嘻地笑着。

李军挤对他：“你又养不活，只能干瞪眼。”

原野说：“干瞪眼也好过生无可恋吧？”李军脸上松开了笑，把好几颗龋齿都招呼了出来。

原野搓起手，将指关节逐个拔响，捏着音量说：“军哥，我此番来，其实是想着跟你讨手艺。也弄辆车，为北京人民做牛做马。”

当下李军没说准话，对于这个想法和可能的落实，他觉得尚有很多晦暗不明的地处。他是这么说的：“风险总在回报四周埋伏。”说得有些拗。

原野瞎点头，他是还有话要说。他说：“我这人生来怕麻烦，想说北京够麻烦的，回去才发现，他娘的更麻烦。跟讲情比，我更希望这个世界讲理，讲理我还能捞着几句话来说，讲情，我就无话可说了，也无事可做，像一条丧家犬，走哪里都发现，别家早就滋了尿留了记号，西北风能把人喝死。北京这方面到底要好些，听专家讲，陌生人社会嘛。”

后来的情形是，李军领着原野，去了趟石家庄。廊坊现在卡得严，牌照不好弄到。原野私下告诉李军，自己分不大清车子的性能，差不多的钱，就讨个名头吉祥的。于是分期付款，原野购了辆东风小康。

从单干到合伙，好处在于多了声势。两辆车摆开，不靠谱中就添上那么一点儿稳妥，也算是一门不大不小、不长不短的生意。按外头选举的叫法，中间选民就有可能被争取过来。两个人，若是不出活儿，还能聚头扯淡，从八仙过海侃到八国联军侵华，大到八国集团峰会，小至腊八蒜的腌制，男人的话题不设限。一天排下的内容稠密了，感觉时间就跑得比以往急，肠胃也饿得快。

原野以前住的地下室，早被捶没了，一查房租，都高得不拿钱当钱。原野干脆把东风小轿当房车，晚上钻里头凑合。很多事原野都找李军拿主意，这件没有。留一线窗缝，蜷在车后排，半夜风狠，还得在小腹多盖一件灯芯绒衬衫。原野嘴里念上十遍“还是不讨媳妇好”，依然耳聪目明，瞪眼到天亮，眼白的血丝在疯长。原野自知，失眠跟躺在哪里无关，搁总统套房也这德行。

两人的座驾，纯种国产，标志不大好辨，国产的大伙通常就识得两样，一样红旗，一样五菱，江湖庙堂就齐全了。看车牌，知道车是“冀”这地方的，直隶嘛，京城里也不罕见。

其中一人说话，咕咕哝哝，徘徊在京腔与否之间。赶时间的乘客，不在乎这些小节，司机说话客气，心里就分外舒坦。服务业，赚的是老百姓的口碑，老百姓就是上帝，是衣食父母，是你我他和她，一问，都是五湖四海来的兄弟姊妹。

李军厚道，能赶趟的都安排让原野坐满了先发车，自己殿后。算了算收入，照旧饿不死，但第三张嘴真要哭哭啼啼地来，裤腰带还得勒一勒，于是夜里索性再晚一点儿收工。原野识趣，夜班就自己开走，去打游击，或者找个网吧打几盘游戏，白天再跟李军碰头。送乘客的时候，两人都不忘观察周遭环境，争取开发开发新地盘。

美珍那头儿，吃的是技术饭，手里有活儿，不涨工资就以跳槽相逼。谁家店里都缺技术骨干，老板只能和颜悦色，把她伺候得顺风顺水，估计能攒出一罐子哗啦啦的硬气钱。

李军回到家，洗漱完毕天已透亮。美珍通常早睡一小时，第二天中午才上钟。

美珍那天躺在床上，人醒着。李军问："吵着了？"

美珍对李军说："你现在嘴怎么那么碎。"

李军蒙了："说话多不好吗，非得憋着？"

"不是不好，是不像以前。这也无所谓，我就怕像回光返照，是凶相。"

美珍说完，李军没有生气，而是哈哈大笑，床板跟着伴奏。美珍也说："不说了，糊涂的。"

两人都没睡意，李军便把手搭过去，说："再聊聊呗?别看咱平日嘴巴洞开，都是家长里短，没啥营养。"

美珍搜刮来去，想起了娜娜，那只白鲸。美珍说："以前每次抚摩它，就在想，它的每一寸皮肉都属于海洋，带着海洋的记忆。"她偶尔会闭上眼，用自己的额头抵住娜娜的隆额，握紧它的鳍，湿滑，软糯。她想从中闻到海的味道，想象娜娜的老家，高纬度，那里寒冷、清澈，无人打搅。海洋世界倒闭了，动物跟着被遣散，据说，深圳一家极地馆出价将娜娜收购走了。娜娜被打包装箱的时候，一直发出一种尖锐的类似呜咽的叫声，跟往常表演时很不一样。美珍说，那个声音现在还常常入梦，让她感觉空旷、悲哀。她经常想起她们曾经共处的那些时光，机械、单调却又饱含深情。她们相依为命。

李军搂住美珍说："没准儿它和咱一样，都不想回家呢，要去看看外面的热闹。"

原野对交通不熟，闯过一次红灯，超了一回速，还试过跑急了，再违规倒车进辅路，逼得后方来车紧急刹车。人家放下车窗，骂原野臭傻 ×，开辆破车，命都不要了。原野理亏但气盛，气盛而言横，下车就要跟人茬架。好在对方不是横人，德国车，一点油门就飞出了视线，剩下原野原地起跳，嘴里哔剥作响，回头骂导航仪中看不中用，还得劳烦人家乘客捏紧嗓门劝他消气。

所幸交通违章都是秋后算账，就是得拜托李军，借了驾照让他去扣分。李军对此没少教训原野，说：“你丫长点儿心吧，自投罗网才刺激？”吼得那样雄浑、板正，吼得长兄如父，好像真得了点儿袁阔成的精髓。

是福不是祸，是祸躲不过。道理大家都烂熟，待真发生什么的时候，该有的错愕、惊悸、恍惚、心如死灰，一样都不缺。

警察是在地铁口突然出现的，猛地就警笛四响，人声杂沓，像是遭了伏击。有人喊说：“不许动！”李军哪里敢动，除了遏制不住地腿抖。要不是事前在花圃里放去一泡尿，没准儿两条裤腿就臊开了。李军心想：不就没有持证上岗，手无寸铁的良民，会不会太兴师动众了一点儿？

最终结论是，扣押车辆，罚款两万。李军都受下，说要签字的地方，绝不耽搁一眼行文。警察问了他关于原野的一些情况，他的态度非常之好，积极配合，出去的时候，还跟民警一一鞠躬，说：“您辛苦了。”李军是跑步回家的，他想让自己累出一身汗，好散走囤积的霉气。

迟迟不见原野的人影和消息，打去电话，无人接听。当时他们一同被抓，分头审理，估计是怕串供，但李军还是那句话，未免太兴师动众了一点儿？

李军开始体验到失眠的感受，总感觉枕头太小，脑里的世界太宽，事情多得他捋不过来。钱，肯定是越想越心疼，另一方面，到底还惦记着自己的小老弟。后来李军又去了派出所，态度还是格外诚恳。一位姓熊的警官走过来，说："你来得正合适。"他把李军叫进一间无人的办公室，拉了一把靠背椅让他坐，李军坐得很端正，背也不敢弯。熊警官先不说原野的事，而是告诉李军一起案件。按他渲染的话说，该案惊动了多地警方，算大案。

今年春节，山西一户人家，不见儿子回来过年，电话无人接听，问了各方，都说不知下落。儿子虽然不孝惯了，但兹事蹊跷，家里人赶紧报了案。没有眉目，警方随后找到失踪者的妻子，女人的说法是，夫妻感情早已破裂，人常年在外，他的事情，早就懒得过问。据邻居反映，丈夫有暴力倾向，常对妻儿殴打谩骂，妻子隐忍，不哭不叫。邻居一位大娘说："要号几嗓，就晓得日子还能将就，不哭不闹的，里头就多了名堂啦。"对于丈夫的失踪，妻子自然有不小嫌疑，也仅此而已。

警方又从失踪者此前的行动轨迹寻找线索。失踪者之前工作的地方，是一家黑窑，老板是当地一位叫得很响的慈善楷模。

煤窑工人流动性大，好在调度室的老头儿有印象，失踪者以前在矿上运煤，脾气暴，常跟人干架，拳头硬，敢撂狠，都不敢惹他，人际关系处得不好，所以记得格外清楚。不过在矿上，这都无所谓的，有蛮力，得活计。记得那回收车，是他家里人跟矿上说了一声，以后不来干活儿了，不是人干的，当月的工资也没要。

老头儿说："当时就觉得有趣，好端端的南霸天，怎么转眼就两袖清风了。"

警方问："家中哪位报的信儿？"

老头儿回答："失踪者的小舅子，最后那一趟，是他们郎舅俩一起出的车，运到山东日照港。那都是满一年前的事了，再晚一点儿来，我就记不准了。"这是已知的失踪者最后出现的节点。

山西警方一方面追查小舅子的情况，另一方面跟日照警方取得联系。不到两天，对方复电，请求山西方面尽快提供失踪者的 DNA 信息。警方随后在其妻子和老家的房间里，提取到了失踪者的毛发。

在日照港附近海域，一艘远洋返港的渔船的大副，那天正在甲板上做早操，突然发现海上漂着一样东西，好奇心作祟，取了望远镜对准了瞅。是一具浮尸，尸体已彻底腐烂。担心尸体漂走，在征得警方同意后，渔船将其打捞，一路拖回岸边。警方询问了一些情况，把尸体运走，法医很快对其进行了尸检，同时放出寻人启事，但并无有效反馈。海上的尸首，随波逐流，无法确定具体事发现场，警方遂进一步向附近海域地区发出通告。截至山西方面来电前，并未获得有用信息。

两边一比对，确定是同一人。

熊警官对李军说："讲到这里，差不多清楚了吧？"

李军迟迟不眨眼，眼球逐渐发毛，湿而痒。他很久才管熊警官要了一支烟。烟雾钻进钻出，轻车熟路，上下开张。他抽得有些意味深长。

熊警官说，后来收到消息，原野回了一趟老家，是送老父最后一程，等警察跑过去的时候，人已经离开。警方动用了一些手段，获知原野此行的目的地是北京。到了北京，就都好办了。熊警官不无得意地说："插翅难飞。"他也抿起了烟，嘴角噗噗的，响得从容均匀。

从山西的矿山，到黄海的海面，如此长线的奔袭和凶杀，总得来个说法吧。但到那时，原野依然只是存在重大嫌疑。案件再度取得实质进展，还是在山西那边。原野的姐姐，在重压之下，最终将事情的原委向警方托出。杀人者确系原野，她的弟弟，但当中自有原委，她说原野是在替天行道，所以罪有可原。这件事，原野只对姐姐讲过。对于自己和丈夫的那些恩怨，原野的姐姐不愿多谈，她只说那个人，牲口不如。姐姐下跪，恳求警方高抬贵手。

为避免打草惊蛇，警方让姐姐跟原野通了一次电话，只聊家常。通过卫星定位，警方当即锁定原野所在的位置。当天，北京警方就对其实施了抓捕。经查，李军被排除了包庇的嫌疑，但非法运营该受的惩罚，一样都躲不掉。

李军夜里躺床上，抱着美珍不撒手，两眼放出黏糊糊的光。美珍既像母亲，也像个收惊婆，拍背、摸头、吻额，念上一串从老祖母那里听得的地方咒。

李军现在还剩一个念想。他想见上原野一面，看看他的表情，听听他的讲话，感觉他的感觉。这样，就算最坏的结果出来，他也觉得事情有了完结，一个他本不需要的交代。他独断地认为，只有他能懂他，而他也只剩了他。

判决结果出来后，李军得以去看守所探视原野。死刑，缓期两年执行，没收非法所得，剥夺政治权利终身。原野没有上诉。李军也觉得，这是一个不缺温度的裁决。

那时原野的表情、讲话和感觉，似乎没有发生太大的转变，他还是一个略带忧郁的小伙，印堂发黑如故。他对着李军，补充的多是些细节。正是细节，决定了他行为的必然。

姐夫怀疑自己在外期间，妻子对其不忠。有一回跟工友吃酒，有人对他说："你那乖儿子，只占了你的姓，不是你的种，不然两口子都是双眼皮，怎么到了儿子那里就剩了一层？"他登时扬起瓶底，甩过去，刺破了工友的一颗眼珠。儿子眼皮这档事，一直是他心里的隐痛。

原野的姐姐，上网的上网，问医的问医，甚至还重温了一遍初中生物课本，只为了证明这种情况的存在。可人家越看儿子，越觉得哪哪都不随自己，脸廓、鼻头、耳垂子，都是赝品。对于母子二人，他从不吝惜自己的拳脚。有次喝猛了，他顺手操起酒瓶，整个往妻子的私处塞去，原野姐姐不得已，摸黑到医院将其取出。

县城没有隐私。很快，全村人都知道了，再看她，只有笑，笑得丰富又无情，苦笑、狂笑、讥笑、逗笑、耻笑、淫笑，当面笑，背地里更是乐不可支。姐姐从此就不爱出门。

那次出车，姐夫当着原野的面，把车停到路旁的按摩店前。他跳下车，搂住门口那个套着渔网袜的黄毛女，他们扭打一团，泥鳅一样，钻进了昏黑的房间。

原野缩在副驾驶，他生怕任何一个人看到自己，向他吱吱咯咯地发来肉麻的邀约。他如坐针毡，人越缩越小，近于无形。

事毕，姐夫整个人陷在车座里。他得意地笑，一手扶方向盘，一手捏着烟蒂，嘴唇嘟起吹一曲口哨——《在希望的田野上》。原野说是可忍，孰不可忍，就是在那时，他决心把这畜生给灭了。在此之前，他只想让姐夫也尝一下拳脚的滋味儿。原野一边比画一边说，一把梅花扳手劈下，哗啦，他的狗脑袋就开了红花白花。他手腕上的手铐，跟着哗啦啦地碎亮。

卸掉一车黑煤以后，原野跟海边的渔民租了艘渔艇。当晚他把渔艇开到距离海岸很远的地方，开到很黑的地方。起先他感觉自己的身后灯火通明，慢慢地，成了一片两片狭长的光带，到最后，他回转身，只能看到一盏两盏的光亮，像马灯，在遥远的尽头模糊地闪烁，居然有一丝温暖的感觉。他将装有尸体的麻袋推进了海里，麻袋摔在海面上，溅了原野一脸黑色的海水，冷得他一个趔趄，倒在了艇肚里。海水渗进口腔，咸得发苦，苦涩顺着唾液，迅速串遍全身。

海水盐量高，麻袋不沉水，在海上载浮载沉。渔艇也载浮载沉，原野随之载浮载沉。他们全都湮没于无边的幽暗，寂静而动荡。

现在，原野少有地凝视李军的眼睛。他说："后来才晓得，警方放出了赏金的，五万块。呵呵，我还值个五万，或者是那畜生的命抵得五万。早知道这样，就让军哥代我跟警方通一声气。"

李军干巴巴地提起颧骨的肉。他又想找烟来抽。

"五万块，军哥，你说到底是多了，还是少了？"原野笑，眼睛眯得很窄，眉弯不塌。他的笑到底跟以往不同，或许是太意识到要自己去笑，笑得过犹不及，空洞无物。他说，"我不配再喊你哥，但我还想最后说一遍，哥，以后你跟嫂子去看海，也帮我好好瞅一眼。那一回，心慌得厉害大发了，天乌惨惨的，海黑麻麻的，什么都不知道，怎么回去的都不知道。现在都妥了，这种感觉其实是好的。"

在把长安车放到二手市场卖掉之前，李军载上美珍，去了一趟旧首钢。这回他们买了票。高炉、烟囱、凉水塔和厂房，全部空落落地陈列在原地，工人都走了，跟着散去的，是沸腾的铁水、滚滚的钢材、飞天的浓烟、映红的肌肉和盈满厂区的汗气。

现在，这里散布着许多发式和服饰都非常招展的少男少女，他们普遍细瘦、白皙，或许还都乐观。在李军看来，他们更像一组组芭比娃娃，横竖不像真人。美珍说："这就是他们要的效果。"李军说："搞得我都想试一回，不问苍生问鬼神。"

李军跟美珍分享了很多原野曾跟他分享过的故事。他们依然没能找见那个澡堂子。

傍晚时分，他们在便利店买了一杯关东煮分着吃，到莲石湖畔散步。这个月底，租房合同交割完毕，他们就结束北漂，回乡去。

他们想好了，等美珍把肚里的孩子卸下，就在老家县城开一家推拿店。老家回南天长，厉害时墙壁床脚都冒水，人的筋骨自然易发霉，有的是敲敲打打的需求。

西伯利亚寒流攀上唐努山脉，抵达蒙古高原后如入无人之境，随后越过燕山和军都山，俯冲而落，残余的风力在北京城里没有了障碍，撒欢地吹。近来的光景，寒天冻地，白日短了，天暗得利落、透彻。莲石湖上封了一层厚厚的冰，有不少前来冰钓的，破了冰面，叽里呱啦地猎着鱼。湖中线以西，归门头沟所辖，以东属于石景山，据说石景山这头有管理员多加监管，所以大部分人都跑到门头沟一侧。大家都精明，都有韧劲。

美珍突然说："咱们去看一次海吧。"

李军嘴里默念："夏威夷，夏威夷。"

美珍摆摆头，说："不折腾，去日照。"

李军悄然做了一个噤声的手势。他们彼此靠成一体，把眼睛关起来，认真感受此刻北京的冷和体内的热。

在他们耳畔，隐然有潮声逼来，淡如沙响。那黑咕隆咚的一片海，绵延不绝。此刻，所有的人，李军和美珍，岸上的人，冰面上的人，都立在一艘无名的船上，乌泱泱，载浮载沉。

图书在版编目（CIP）数据

鸭子飞了 / 梁豪著 . -- 石家庄 ：河北教育出版社，2022. 10

（年轮典存丛书 / 邱华栋，杨晓升主编）

ISBN 978-7-5545-7198-9

I. ①鸭… II. ①梁… III. ①中篇小说 - 小说集 - 中国 - 当代 ②短篇小说 - 小说集 - 中国 - 当代 IV. ① I247.7

中国版本图书馆 CIP 数据核字（2022）第 157394 号

年轮典存丛书

书　　名　鸭子飞了

YAZI FEI LE

作　　者　梁　豪

出 版 人　董素山

总 策 划　金丽红　黎　波

责任编辑　王　哲

特约编辑　张　维　韦文菡

出　　版　河北出版传媒集团

河北教育出版社　http://www.hbep.com

（石家庄市联盟路 705 号，050061）

印　　制　天津盛辉印刷有限公司

开　　本　787 mm × 1092 mm　1/32

印　　张　7.5

字　　数　140 千字

版　　次　2022 年 10 月第 1 版

印　　次　2022 年 10 月第 1 次印刷

书　　号　ISBN 978-7-5545-7198-9

定　　价　48.00 元
